*Le Poulpe*

# Téléski qui croyait prendre

CHAMBRE NOIRE

Couverture : Ski village at
night 43648009 - Bigstock

Merci Agatha C.

# Chapitre I

À Courchevel, la saison de ski était bel et bien terminée. Les commerçants locaux ne voyaient presque plus de cartes Infinity passer et les puissants véhicules allemands avaient fait place aux marques françaises du pékin moyen. Toutes les fortunes ne s'étaient cependant pas fait la malle, car il restait toujours, à l'année, ceux du coin qui avaient su faire fructifier l'or blanc en héritant des terrains de leurs grands-parents et les autres, un peu moins du coin, qui avaient profité de la manne financière qu'offrait une pareille station des Alpes. Anna, pas du tout du coin, n'avait donc plus besoin de s'occuper des chalets de location saisonniers et son travail consistait désormais exclusivement à faire le ménage dans les deux propriétés luxueuses de Guillaume Verdannet, l'enfant du pays. Comme tous les matins, elle passa sa clef magnétique devant le dispositif à l'entrée du domaine, suivit le petit chemin pavé jusqu'à la maison, bifurqua en direction des garages et entra par la porte de service.

Pas de bip caractéristique. L'alarme n'avait pas été enclenchée. Monsieur devait être présent. Il s'agissait de se faire la plus discrète possible, aussi décida-t-elle de commencer son tour par la buanderie. Traversant l'immense cuisine à pas de velours, elle ne remarqua pas les quelques bibelots de valeur manquants ni même le vide artistique provoqué par l'absence d'un tableau de Geers sur le mur qu'elle longeait. Ce que son regard ne put cependant éviter lui provoqua un haut-le-cœur et la pauvre Anna tourna immédiatement de l'œil.

Au beau milieu du salon, monsieur gisait, face contre terre, son sang coagulé maculant ce beau tapis d'Orient qu'elle avait pourtant réussi à ravoir à plusieurs reprises, même après les taches les plus coriaces de soirées trop arrosées. Ce n'est que lorsqu'elle reprit connaissance qu'elle put enfin finir le cri qu'elle avait étouffé à la vue du cadavre.

Les mains de son employeur étaient attachées dans son dos et son visage tuméfié portait les stigmates de lutte violente. C'est grâce aux séries télévisées du dimanche après-midi qu'elle réussit à en venir à de telles conclusions. Mais les conclusions, il valait mieux les laisser à la police et elle se devait de l'appeler au plus vite. Elle sortit un téléphone portable de sa poche et se sentit complètement idiote à fixer son propre reflet dans l'écran en veille de celui-ci. « C'est quoi le numéro de la police ? » pensa-t-elle. Il y a quelques années, en Russie, elle aurait naturellement composé le « 02 », mais ici en France, elle n'avait aucune idée du bon numéro. Souhaitant en finir au plus vite avec cette histoire, elle décida d'appeler son mari, gardien à l'hôtel Les Bleuets, toujours au courant de tout et ne séchant sur rien.

Oui, elle était toujours dans la maison, non, elle n'avait pas vérifié si elle était bien seule et oui, elle allait s'empresser de sortir de là. Comme si elle venait seulement de réaliser qu'un crime atroce venait d'être commis, elle s'élança vers la sortie, laissant balais, éponges et cadavre derrière elle.

Semblant hors de tout danger, sur le trottoir d'en face, la mine déconfite et le teint blafard, Anna accueillit quelques minutes plus tard les gendarmes et s'autorisa enfin à pleurer à chaudes larmes alors qu'on l'interrogeait sur les circonstances exactes de la découverte du corps.

# Chapitre II

Au pied de porc à la Sainte-Scolasse, Gérard, le taulier, était occupé à gueuler sur quiconque aurait osé croiser son regard après avoir malencontreusement fait tomber un plateau de verres à vin. Rien n'était jamais de sa faute et quand bien même cela l'eut été, il aurait trouvé le moyen de mettre ça sur le dos de Vlad qui était sorti de la cuisine un peut trop violemment à son goût.

Une mauvaise nouvelle n'arrivant jamais seule, voilà que Gabriel, dit le Poulpe, faisait son entrée dans l'établissement avec une tête de trois pieds de long.

— Qu'est-ce qui va pas le Poulpe ?

— Le bureau de tabac en bas de la rue est fermé ! J'ai pas mon journal.

— Va falloir que tu t'y habitues, le type a vendu, ils sont en train de faire des travaux. Ça va être une parfumerie ou un truc d'huiles essentielles, j'ai pas trop compris.

— T'as le Parisien ?

— Figure-toi qu'un type s'est tiré avec mon seul exemplaire ce matin !

Gabriel balaya ces mauvaises ondes d'un revers de la main et entreprit tout de même de prendre un café accompagné de quelques tartines. Au bout du bar, un clampin avait eu plus de chance que lui niveau presse et lisait tranquillement son journal en sirotant un demi. Si sa jauge de mauvaise humeur descendait sous le seuil acceptable, il irait peut-être lui taper la causette dans le but de lui soutirer son quotidien.

On lui apporta son café et ses tartines et Gabriel Lecouvreur commença à se détendre quelque peu. En plus, le type au journal avait l'air d'être au bout de son demi et la façon dont il commençait à plier le papier imprimé ne trompait pas : il avait terminé sa lecture. Gabriel se leva et tendit ses grands bras tentaculaires tout en hélant l'inconnu.

— Siouplé, est-ce que par hasard vous auriez la bonté d'âme de me léguer votre journal si, évidemment, vous n'en avez plus l'utilité ?

Le type regarda à peine dans la direction du Poulpe, fit claquer une pièce de deux euros sur le zinc pour s'acquitter de son dû, finit de plier son journal et le glissa sans aucune émotion sur le comptoir. Il enfila son pardessus et lorsque Gérard présenta le canard avec un sourire en coin à Gabriel, le type était déjà loin dans les rues du XIe arrondissement.

— C'est quoi cette blague ?

Gérard ricana puis répliqua :

— C'est le Daubé.

— Quoi ?

— Le Daubé, le Dauphiné Libéré quoi ! Un canard de Rhône-Alpes si mes souvenirs sont bons.

— Je vais devoir me taper des vaches perdues et des faits d'hiver ?

La jauge d'humeur de Gabriel remonta et dépassa le plus haut de la journée. Il secoua la tête et expulsa un soupir qui avait l'air de dire « va pour le Daubé mais c'est vraiment la dernière fois ! ».

Le pur arabica et les tartines de pain encore chaud lui firent petit à petit voir cette matinée à travers le bon bout de la lorgnette. Il n'avait peut-être pas son Parisien, mais, au pire, il allait voyager gratos grâce aux nouvelles des Alpes. Les gros titres valaient bien leurs homologues de la capitale : à Lyon, un chef de service de la police nationale placé en garde à vue pour corruption présumée et trafic de stupéfiants, et un baron de la nuit retrouvé torturé et assassiné dans son luxueux chalet de Courchevel. Pas mal. Gabriel survola les deux articles puis relut plus en détail le deuxième. Fronçant les sourcils et se grattant l'arrière du bulbe, il ne put s'empêcher d'y voir quelques anomalies. Le meurtre crapuleux de Guillaume Verdannet, issu d'une des riches familles de la vallée de la Tarentaise, offrait peu d'équivoque, mais les propos recueillis de la femme de ménage qui avait découvert le corps faisaient mûrir dans la substance grise du Poulpe un sentiment de curiosité. Il se devait d'aller vérifier ses soupçons sur place et, avant même d'avoir replié le journal, sa décision était déjà prise.

Toujours en train de balayer les éclats de verre éparpillés derrière le comptoir, Gérard ne put s'empêcher de remarquer que son plus fidèle client avait le regard dans le vide et que quelque chose se tramait dans cette caboche pas possible de mollusque parisien.

— Alors ? Les nouvelles du front de neige sont bonnes ?

— La femme de ton cousin a toujours son appart' à louer en Savoie ?

— Oui, à la Tania. Pourquoi, le Daubé t'a donné des envies de ski le Poulpe ?

— C'est où la Tania ?

— C'est la station juste en dessous de Courchevel, c'est plus tranquille, ça pète moins dans le caviar si tu vois ce que je veux dire.

— Donne-moi ses coordonnées, je pense me mettre au vert quelque temps.

Gérard versa sa dernière pelletée de verre dans la poubelle et ouvrit un petit calepin prêt à mourir étouffé par les bouts de papier et les cartes de visite qu'on lui glissait à l'intérieur avec régularité depuis plus de vingt ans. Il griffonna quelques chiffres sur un sous-bock et le tendit à Gabriel.

— Tiens c'est le numéro de portable de mon cousin, tu lui passeras le bonjour de ma part. Ah oui, j'oubliais…

Il se retourna et empoigna une espèce de petit colis en carton qu'il avança vers Gabriel.

— Cheryl est passée avec ça ce matin avant d'aller au salon. Elle m'a dit que c'était pour toi et elle a rajouté qu'elle voulait pas savoir où t'avais passé la nuit. Ça tombe bien, moi non plus.

Le Poulpe déploya un tentacule et s'empara du colis. Il provenait, semblait-il, d'une maison d'édition appelée Price Stern Sloan et le destinataire était bien Gabriel Lecouvreur. Intrigué, il ouvrit lentement le petit carton pour en découvrir son contenu. Un livre. Un petit livre à la couverture rouge et jaune, aussi épais que les tranches de jambon que Vlad lui faisait pour « l'assiette de charcuterie » à 6,50 €, dont le titre, tout aussi mystérieux que l'expéditeur du colis, lisait : « La Loi De Murphy et autres raisons pour lesquelles les choses tournent mal ! » de Arthur Bloch. Le « mal » était écrit à l'envers.

Gabriel espéra ne pas y voir là un signe du destin. Quelque chose se tramait de pas net dans les Alpes et sa nature profonde l'empêcherait de dormir s'il n'allait pas vérifier ses soupçons de lui-même, sur place.

Il voulait passer chez Cheryl, mais il la connaissait comme s'il l'avait faite : le coup du colis voulait tout dire. Il aurait bien voulu lui proposer de venir prendre l'air frais des montagnes quelques jours avec lui, mais chaque fois qu'il lui proposait ce genre de choses, c'était tout sauf des vacances. Une fois, elle avait acheté une combinaison rouge en vue d'une petite escapade de quelques jours dans une station de Suisse, mais ils n'avaient pas dépassé la porte d'Italie. Encore une de ses enquêtes. Pourtant cette fois-ci, il aurait tant aimé voir son magnifique derrière, ses deux petites pommes être moulées par le tissu brillant de la combinaison. Mieux valait secouer la tête et effacer cette pensée. Tenter le diable en passant à son salon pour lui proposer de l'accompagner était hors de propos ; il était préférable de se mettre en route.

À la gare de Lyon, il prit un billet pour le premier train à destination de Moutiers, en Savoie, et comme il avait une heure à tuer, il se décida à aller s'en jeter un petit au bar, Le Wagon Bières. Gabriel ne pouvait pas rêver meilleur nom de rade et il prit plaisir à siroter une Duvel bien fraîche en relisant pour la énième fois l'article du Dauphiné Libéré. Les détails fournis par Anna – la personne qui avait découvert le corps – étaient suffisamment précis pour qu'il se forge une intime conviction, mais, faute de place, l'article ne relatait sans doute pas l'intégralité de ses propos. Gabriel avait pourtant besoin d'un seul indice pour confirmer ou infirmer sa théorie. Il allait avoir besoin de se rendre directement sur les lieux du crime et surtout mettre son nez partout où la police n'oserait pas mettre le sien. Plusieurs faux papiers l'aideraient dans cette tâche à commencer par un faux permis de conduire belge qui allait lui permettre de louer un véhicule dès son arrivée à la gare. À chaque gorgée de liquide ambré, il élaborait son plan d'action. Il y avait encore beaucoup de zones d'ombre et de parts laissées au hasard, mais il était passé maître dans l'art de l'improvisation et savait à peu près se dépêtrer de toutes sortes de situations. Il s'agirait de bien rester sur ses gardes quand même vu la violence avec laquelle avait été tué le fils

Verdannet. L'image de son Beretta 92 FS calé au fond de son sac le rassura quelque peu. Il espérait toujours devoir ne jamais s'en servir, sinon d'une façon dissuasive et non létale.

La voix au micro lui annonça que son train entrait en gare ; il régla son dû et se dirigea vers le quai. À l'approche du train, il examina son billet et se dit que jamais il n'aurait une place dans un wagon près de la tête du train. C'est à croire que tout le monde sans exception était relégué au fin fond du cortège et que la SNCF se marrait avec ses cinq premiers wagons totalement vides. Gabriel s'imaginait bien les agents danser comme des cinglés dans les allées désertes et faire des entrechats à chaque jonction de plateforme.

Le voyage allait être pénible comme pourrait l'être n'importe quel voyage effectué à bord d'un véhicule d'une entreprise publique. Du panier à salade à la voiture 18, même combat. En temps normal, il aimait bien louer une voiture, mais il ne se sentait pas de se taper sept à huit heures de route d'une traite. Il aurait pu s'arrêter chez un copain en Bourgogne, à mi-chemin, mais dans le pays des vins les plus côtés du monde, il n'y avait pas vraiment de place pour un amateur de bière comme lui. Et puis, il avait besoin de connaître un détail bien précis pour pouvoir continuer son investigation et le temps lui était compté.

Il s'enfonça dans son siège, vissa un peu plus sa casquette sur sa tête et entreprit la lecture du bouquin qu'il avait mystérieusement reçu quelques heures auparavant.

Il avait déjà entendu parler de la Loi de Murphy, mais la préface du livre l'aida à entrer un peu plus dans le vif du sujet.

« Avez vous déjà reçu un coup de fil à la minute où vous vous asseyiez sur les toilettes ? Votre bus apparaît-il toujours au moment où vous vous allumez une cigarette ? A-t-il déjà plu le jour où vous veniez de laver votre voiture, ou la pluie s'est-elle déjà arrêtée à l'instant même où vous achetiez un parapluie ? Peut-être qu'à ce moment-là, vous avez ressenti que quelque chose ne tournait pas rond, que cette même chose vous titillait, mais que vous ne pouviez pas y mettre un nom. Peut-être avez-vous même entendu parler de la Loi de Murphy, du principe de Peter ou de la Loi de Gravité Sélective sans vous rappeler exactement de la signification exacte ? »

La Loi de Murphy ? Voilà qui correspondait bien à la philosophie de Gabriel. Beaucoup le taxaient de pessimiste – surtout Cheryl – alors que lui se voyait plutôt comme un fataliste voire tout simplement quelqu'un de réaliste. Il se devait d'être paré à toute éventualité et dans le champ des possibles, il lui fallait toujours considérer les dénouements même négatifs de chaque événement. Ce n'était tout de même pas de sa faute si dans la plupart des cas, c'était l'issue négative qui se réalisait. Il avait un nom pour ça désormais : la Loi de Murphy. Il pourrait invoquer ce principe lors de toute tentative de débat sur son soi-disant pessimisme. Cela couperait court à la conversation et lui éviterait de trop lourdes pertes de temps. Pour être le plus performant dans l'art du couperet verbal, il se devait de se plonger dans ce livre que la providence avait placé sur son chemin et en tirer la substantielle moelle jusqu'à son arrivée en gare de Moutiers.

Cela aurait été plus facile si la grande brune assise à quelques sièges de lui, de l'autre côté de l'allée, ne lui avait pas tapé dans l'œil. Les avions, les trains, les bus et les métros avaient toujours eu le même effet sur le Poulpe. Il vivait chacun de ces petits moments de réalité avec l'intensité d'un amour d'été. Chaque croisement de regard était l'occasion inespérée de faire naître un semblant d'intérêt ou de provoquer une providentielle accroche. Quelques rares fois, le désir avait été mutuel et si fort que le rapprochement s'était fait immédiatement. Si, pour cette fois, Murphy pouvait le laisser tranquille et s'occuper de quelqu'un d'autre avec sa loi, il en aurait lu son livre deux fois plus intensément en signe de remerciement.

Ses traits méditerranéens et ses yeux en amande accaparaient peu à peu les pensées de Gabriel. S'il avait pu déployer un tentacule, enlacer délicatement sa nuque fine et rapprocher son visage contre le sien, il l'aurait fait, mais le Poulpe n'était qu'un sobriquet qu'il avait appris à ne pas détester avec les années.

Il tentait d'analyser la situation afin de déterminer si le clampin assis à ses côtés avait un quelconque rapport avec elle. La ringardise du type n'avait d'égal que la classe de la demoiselle, mais il ne pouvait en tirer aucune conclusion quant à une éventuelle relation intime. Il suffisait de se balader dans les rues de Paris pour croiser bon nombre d'anomalies matrimoniales. La distance entre les deux était réglementaire, plus de doute désormais, ils étaient étrangers l'un pour l'autre.

Les heures défilèrent aussi vite que ses chances de conclure, mais Gabriel ne s'avoua pas vaincu et décida d'improviser avec les éléments qui se présenteraient à lui lors de la descente au terminus.

Le train approchant la gare de Moutiers, la plupart des passagers se levèrent et préparèrent leurs affaires pour se poster dans l'allée centrale. S'il y avait une infime chance que le convoi reparte dans l'autre sens au bout de trente secondes ou que le wagon explose, ces gens-là voulaient être les premiers sortis et éviter tout problème. Gabriel savait pertinemment que même arrivé en gare, le train n'ouvrirait ses portes qu'au moins une ou deux minutes après l'arrêt total de l'appareil et qu'il n'y avait absolument aucune raison de se bousculer vers la sortie. Il fut ravi de voir que sa grande brune semblait partager son point de vue et les deux esquissèrent même un sourire complice à la vue de toute cette agitation. Ils attendirent que le wagon soit quasiment vide pour commencer à bouger. Gabriel faisait des gestes lents, car il voulait que la passagère lui passe devant et qu'il puisse ainsi lui voler quelques bouffées de son parfum. Cette grande brune était en effet de la même taille que lui et ses fines et longues jambes lui paraissaient infinies.

Il l'aida à descendre du wagon en portant sa valise puis la laissa partir sans même avoir échangé quelques mots. Debout sur le quai, le regard au loin, il espéra de sa part un coup d'œil en arrière qui ne vint jamais.

# Chapitre III

À l'agence de location de voitures, le vrai faux permis belge de Gabriel ne posa aucun problème et en moins de temps qu'il ne faut pour le dire, il se retrouva au volant d'une petite citadine, roulant en direction de Courchevel. Il avait laissé un deuxième message au cousin de Gérard pour savoir si son appartement était libre et, sans nouvelles de lui à la tombée de la nuit, il envisagerait de prendre une piaule dans un hôtel des environs. À vrai dire, il préférait rester éloigné le plus possible des lieux du crime, car il savait que la tendance dans ce genre de cas était plutôt à la bleusaille et ça n'était pas pour le ravir. De plus, toutes les histoires qu'il avait entendues sur Courch le mettaient plutôt de mauvais poil. Les bourges c'était pas vraiment son truc. Pourtant, Gabriel avait souvent été traité de bourge du fait de son clapier à Paris intramuros. C'est vrai que Paname était, au final, plutôt réservé à l'élite salariale. Ou alors à l'artiste qui se voile la face, mais dans ce cas, le bail changeait vite de nom. Il ne se considérait pas comme un prolo non plus, mais il était hors de question de lui coller une image de rupin ! Il avait fait quelques recherches sur la Tania et cette station à caractère plutôt familial à deux pas du centre névralgique de son enquête était parfaitement à son goût.

Alors qu'il quittait les environs de la gare pour se lancer vers sa destination première, Gabriel croisa la route de la belle inconnue du train. Traînant son gros sac, elle marchait sur le bas-côté, l'air perdu.

Gabriel ralentit, abaissa la fenêtre passager puis stoppa à son niveau.

— Si votre sac est trop lourd, je peux vous soulager et vous déposer quelque part ?

Interloquée, elle se tourna vers le Poulpe.

— C'est gentil, mais je vais me débrouiller.

Elle détourna rapidement son regard, le fixa sur la route qui se déroulait devant elle et continua à marcher lentement.

Gabriel ne redémarra pas immédiatement et la laissa s'éloigner, encore en train de décider s'il s'était pris un vent ou si la réaction de « ne pas monter dans la tire d'un gonze qu'on ne connaît ni d'Ève ni d'Adam » était tombée dans le domaine public. Il n'eut même pas le temps de finir cette pensée que la lanière de l'énorme sac de la jeune femme rendit l'âme et il put même percevoir un petit cri étouffé de détresse. Elle se retourna, fixa Gabriel et lui envoya tout ce qui lui restait de phéromones pour la journée. Il fit quelques mètres et se gara. Sans même jacter un mot, il fit le tour de la voiture, ouvrit le coffre et y introduit tous les bagages. D'un geste de la main, il invita sa nouvelle passagère à monter à bord de Poulpe Airlines.

— Dites-moi d'abord où je dois vous poser et ensuite comment je dois vous appeler.

— Je vais à l'hôtel des Bleuets à Courchevel et je m'appelle Anaïs.

— Si vous connaissez la route, je veux bien que vous

fassiez le copilote.

— Allez à Courchevel en suivant les panneaux et après il n'y a pas vraiment le choix, il n'y a qu'une seule route. Et vous c'est quoi ?

— Je n'ai pas encore vraiment choisi d'endroit...

— Non, votre prénom. C'est quoi ?

— Pieter, je débarque de Bruxelles, mentit-il.

Chaque fois qu'elle parlait, Gabriel étudiait le mouvement de ses lèvres fines dont l'éclat était sublimé par un quelconque produit hydratant. Il pensa à Cheryl. Il adorait la façon discrète qu'elle avait de se remettre du gloss puis de revenir vers lui comme si cette brillance était naturelle, comme si sa beauté serait éternelle et qu'il n'avait donc pas de souci à se faire pendant le reste de ses jours avec elle. Pour l'instant, il avait Anaïs à côté de lui et non Cheryl. Il se demandait pourquoi aider une jeune femme était si excitant pour lui et pour les hommes en général. Il aurait aimé savoir si c'était les films pornos qui avaient instauré ces codes ou si c'était bien plus ancien et bien plus ancré dans cette société judéo-chrétienne. Les lèvres d'Anaïs formaient des mots que les neurones du Poulpe transformaient en pensées. Avait-il un quelconque ascendant sur elle parce qu'il l'avait aidée ou était-il, plus généralement, éternellement redevable à la Femme dans toute sa splendeur pour le miracle de la vie ? Pourquoi l'homme raisonnait-il toujours selon des rapports de force entre dominants et dominés ? Gabriel estimait que des molécules chimiques avaient fait en sorte qu'il en pince pour une belle brune et ça lui suffisait. Il ne pensait plus qu'à l'embrasser, mais il attendrait naturellement que les étoiles s'alignent et que des signes sans équivoque lui indiquent qu'il avait le feu vert.

— Vous êtes loin de chez vous Pieter. Qu'est-ce qui vous amène en Savoie ?

— J'ai malheureusement un vieil ami qui est décédé il y a quelques jours, je viens présenter mes condoléances à sa famille.

— Je suis désolée…

— Y a pas de mal. On ne s'était pas vus depuis plus de vingt ans, je ne sais même pas si je l'aurais reconnu, mais j'avais prévu de venir dans la région alors je me suis dit que c'était trop bête de ne pas m'arrêter quelques jours ici.

— Vous parlez d'une triste coïncidence !

Ne sachant plus vraiment quoi dire pour alimenter la conversation, elle regarda la route défiler puis s'attarda sur le titre du livre négligemment posé sur le tableau de bord.

— Vous lisez ça ? lui demanda-t-elle.

— Oui. Vous connaissez ? Je veux dire, la Loi de Murphy ?

— Je ne sais plus si c'est que toute action même infime a forcément des répercussions ou si c'est le truc de la loi des séries.

— La première c'est la théorie du Chaos. Le fameux battement d'ailes du papillon qui provoque un ouragan à des milliers de kilomètres de là…

— Ah oui voilà ! le coupa-t-elle en souriant.

— Et votre loi des séries c'est quoi au juste ?

— Je sais plus… Jamais deux sans trois, des choses comme ça.

— Dans ce cas oui, on peut parler de Loi de Murphy. En gros, Murphy nous dit que pour tout événement donné, s'il y a une possibilité que ça foire, ça va foirer.

— Sympa ! C'est qui ce Murphy ?

— Je sais pas, j'en suis qu'au début. Mais si vous voulez bouquiner le temps du trajet, allez-y !

— C'est pas très poli ! On vient de se rencontrer et on a une bonne demi-heure de trajet devant nous, autant faire connaissance. À moins que vous ne préfériez vous concentrer sur la route ?

— Parlez-moi un peu plus de vous alors. Qu'est-ce qui vous amène ici ?

— Je suis en lune de miel.

Panneau « Stop ». Feu rouge. Panneau de déviation. Rien de tout ça n'apparaissait sur la route de montagne, mais plutôt dans la tête du Poulpe.

Gabriel ne voulait rien faire transparaître et opta pour un large sourire, le truc le plus belge possible.

— Félicitations alors ! Mais la saison est terminée, c'est dommage. Vous vouliez éviter le flot de touristes ? reprit Gabriel.

— Si vous faites allusion au ski, vous savez qu'il y a un glacier à Courchevel ? Pour le reste, c'est un peu compliqué on va dire.

Elle venait de déclencher le signal de changement obligatoire de sujet et Gabriel, en fin psychologue, sut immédiatement comment rebondir.

— On peut donc skier toute l'année ? Ça, c'est appréciable. Pour ma part, je ne tiendrais pas trois secondes sur ces engins. C'est pas trop la coutume locale par chez moi en Belgique. C'est plutôt des bières qu'on descend, pas des pistes.

Elle esquissa un sourire qui voulait tout dire et surtout que Gabriel avait visé juste. Ils continuèrent à se raconter quelques fragments de leurs vies respectives, Gabriel s'efforçant de tout transposer en Belge pour maintenir sa couverture. Il ne savait pas trop s'il allait utiliser le personnage de Pieter pour son investigation, mais comme il avait loué son véhicule à l'aide de papiers belges, c'était la première chose qui lui était venue à l'esprit. La route serpenta entre les sapins pendant environ vingt minutes puis ils entrèrent dans le village de Courchevel. Quelques mottes de neiges subsistaient encore dans les zones que le soleil boudait et l'activité ambiante était au ralenti, mais il y avait tout de même bien plus de monde que ne l'aurait imaginé Gabriel. L'hôtel des Bleuets était en vue, signe que lui et Anaïs passaient peut-être leurs dernières minutes ensemble. Le Poulpe se gara au parking de l'établissement et proposa naturellement à sa passagère de l'aider avec ses bagages. Celle-ci le remercia pour tout, mais déclina sa proposition. Un chasseur de l'hôtel serait sûrement là pour lui porter ses affaires.

Gabriel se tenait debout à côté de sa voiture, le moteur au ralenti, et observait Anaïs et un employé de l'hôtel s'éloigner.

— Bon séjour Anaïs, et peut être qu'on se recroisera dans le coin.

— Vous aussi, merci.

Elle ne dit rien de plus qui aurait pu faire penser à Gabriel qu'il allait la recroiser. Pas une seconde il ne s'étonna qu'une si jolie femme soit fraîchement mariée, et il lui souhaitait sincèrement une longue et heureuse vie. Il mit les brefs souvenirs de cette rencontre de côté et se reconcentra sur la véritable raison de sa présence dans les Alpes.

Juste à côté de l'hôtel, un bar attira le regard de Gabriel. À travers la grande baie vitrée, il pouvait entr'apercevoir quelques pékins accoudés au zinc avec pour seule compagnie, un petit ballon de blanc. Dans un endroit aussi friqué, voir quelques bouseux du coin se farcir un petit pinard au comptoir rassura le Poulpe et son instinct lui dit d'essayer de faire copain-copain avec la faune locale pour glaner ses premières infos. Laissant sa voiture sur le parking réservé aux clients de l'hôtel, il entra dans le rade et retira sa casquette en signe d'allégeance. Il scruta la salle et jeta son dévolu sur un petit vieux en train de siroter un jaune, l'échine courbée après des années de labeur agricole. Il commanda au Gérard local une Affligem et vint s'installer près de sa cible. Au bout de cinq minutes, il tenta un hochement de tête vers son voisin de gauche. Celui-ci le lui rendit. C'était un bon début. Il attendit deux tours de trotteuse puis se jeta sans filet dans une tentative de conversation.

— Incroyable cette histoire qui est arrivée au père Verdannet.

Le taulier ne sourcilla pas et le pécore de gauche fit mine qu'il n'avait rien entendu.

— On m'enlèvera pas de l'idée que c'est pas net tout ça.

Gabriel secoua la tête puis avala une gorgée de liquide ambré comme pour camoufler le fiasco de ses deux injonctions.

Contre toute attente, le silence fut brisé par un autre croquant assis à une table juste derrière le Poulpe.

— Elle est bizarre c'te famille. Z'ont trop d'argent.

Toujours sa bière à la main, Gabriel se retourna vers son nouvel interlocuteur.

— Avoir trop d'argent c'est un peu comme avoir trop d'amis non ?

— En tout cas s'il en avait moins, il se serait pas fait dessouder comme ça.

Gabriel s'approcha de la table et d'un hochement de tête, il fit comprendre au bavard qu'il désirait s'asseoir avec lui et taper la causette. Celui-ci ferma les yeux en signe d'approbation et le Poulpe allait pouvoir procéder à son premier interrogatoire.

— À votre avis, qui pourrait lui en vouloir au Verdannet ?

Comme pour alimenter les fonctions vitales d'une réponse sensée, le type s'envoya la fin du verre d'une traite et le fit claquer sur la table comme pour indiquer à Gabriel qu'il serait opportun de lui offrir la petite sœur. Le Poulpe se tourna en direction du bar et commanda une tournée pour lui et son nouveau pote.

— Mon avis, c'est un truc de famille. Ils sont deux frères et une sœur à se partager le gâteau, à tous les coups c'est son frelu.

— J'ai lu dans le Daubé ce matin ce qui lui était arrivé, mais je vois pas où c'est exactement…

— C'est dans son chalet de Bellecôte qu'ils l'ont retrouvé, celui près du golf. Pas beau à voir y paraît.

Gabriel avait obtenu un fragment d'information, mais

il ne souhaitait pas lui tirer les vers du nez plus que ça. Il n'aurait pas de mal à trouver le chalet de feu Guillaume Verdannet et se contenta de discuter le bout de gras avec son compagnon de boisson sans élever le débat ni éveiller des soupçons. Il lui fallait à tout prix se rendre sur place et vérifier un détail bien spécifique. Selon ce qu'il trouverait sur les lieux du crime, il devrait continuer son enquête jusqu'au bout ou tout simplement rentrer à Paris. N'importe quel autre être humain aurait préféré plier les gaules et se retrouver dans les bras de sa douce en moins de deux, mais le Poulpe n'était pas monsieur tout le monde. Il espérait inconsciemment trouver ce qu'il cherchait et rester ici à faire son Colombo. Les trottoirs chauffants des rues de Courchevel lui procuraient un sentiment désagréable, mais le décor était pas dégueulasse et le grand air lui faisait du bien. Quand il aurait enfin retapé son Polikarpov, il se voyait bien aller titiller les aigles et admirer les montagnes d'en haut. Les aigles c'est glamour, mais en vrai c'est des choucas, pensa-t-il.

Il fit atterrir son demi pression et redécolla vers la suite de son programme. Espérant secrètement recroiser le regard d'Anaïs, il se dirigea vers l'hôtel des Bleuets et pénétra dans le hall d'accueil. Près de la réception, un présentoir arborait toutes sortes de fascicules touristiques sur la région ; il repéra celui avec le plan le plus détaillé de la station et l'empoigna. En partant, il fit le tour des environs du regard, mais pas l'ombre d'une jeune mariée aux beaux cheveux bruns. C'était sûrement mieux comme ça.

De retour dans sa voiture de location, il prit quelques minutes pour étudier la carte de Courchevel et élaborer un plan. Il localisa très vite le golf et grâce aux indications de son indic providentiel, il put déterminer une zone dans laquelle pourrait se trouver le luxueux chalet de la victime. Le crime étant tout frais, la police serait sûrement encore en faction pour garder l'endroit. Gabriel n'aurait besoin que de quelques rondes en voiture pour identifier précisément le lieu.

Il fallait grimper un peu plus sur la rue de Bellecôte qui serpentait entre les sapins et les chalets de luxe et continuer sur la rue des Jardins Alpins où la vue était époustouflante. À une dizaine de mètres de l'immense propriété, une voiture des poulets était garée, un poulet à l'intérieur, et deux de ses collègues faisaient le planton devant le portail d'entrée. Du ruban rouge et blanc balisait une zone infranchissable le long du trottoir qui jouxtait le terrain. Gabriel passa devant au pas sans pour autant avoir une allure suspecte. Il ne s'arrêta pas et décida de refaire un tour gratuit même sans avoir attrapé le pompon.

La rue des Jardins Alpins formait une sorte de boucle qui encerclait tout un tas de villas de bourges aux airs savoyards, mais Gabriel aurait parié qu'on ne devait pas souvent y manger de la fondue. Plutôt du caviar. Depuis les dix dernières années, la station avait été prise d'assaut par les Russes à tendance six zéros minimum sur le compte en banque et les prix des terrains s'étaient envolés. Il avait même lu que la chambre d'hôtel la plus chère du monde ouvrait ses portes pour pas moins de trente-cinq mille euros la nuit et que le taux de remplissage caracolait à cent pour cent toute l'année. Clientèle russe uniquement.

Après mûre réflexion, il décida de se garer le plus loin possible de la polaille, à l'opposé du chalet du mort. Il n'avait aucun moyen de juger la nature du terrain, mais il avait la ferme intention de passer par-derrière. Cheryl lui rabâchait sans cesse quel fourbe il était de toujours vouloir passer par derrière et, fourbe, il le serait une fois encore. Il fut soulagé de voir que le terrain collé derrière celui de feu Guillaume Verdannet appartenait à celui d'un hôtel, Les Sherpas. Même avec quatre étoiles, il était tout de même beaucoup plus facile d'aller s'aventurer sur le domaine d'un hôtel que de pénétrer sur celui d'un particulier, surtout si quelques Kalachnikovs traînaient dans les placards des Ruskovs alentour. Gabriel fit mine de vouloir aller admirer les edelweiss et autres pins séculaires dans l'arrière jardin de l'établissement et personne ne le remarqua vraiment. Au bout du terrain encore un peu enneigé, une palissade en bois exotique s'érigeait en frontière physique entre lui et sa destination. Cependant, il repéra des jeux d'enfants et jeta son dévolu sur un portique assez près de la barrière pour y tenter une cascade. Il jeta un coup d'œil derrière lui, en direction de l'hôtel, mais derrière les grandes baies vitrées qui donnaient sur le jardin, personne ne pointait le bout de son nez. Il en profita pour s'exécuter sur-le-champ et grimpa au sommet du portique. Il dut faire le funambule tout le long de la barre transversale pour se rapprocher le plus possible de la palissade. Il avait évalué la hauteur de l'obstacle à environ deux ou trois mètres et il allait devoir s'élancer et prier pour que sa chute soit amortie par n'importe quoi de l'autre côté. Les cours de judo qu'il avait suivis encore adolescent lui revenaient à l'esprit et il allait devoir chuter comme on lui avait appris s'il ne voulait pas se briser le dos et repartir de Courch en barquette orange hélitreuillée. Au loin, des choucas faisaient des rondes. Il pensa à eux et à leur légèreté, prit une grande inspiration d'air froid et fit le choucas pendant une moitié de seconde en s'élançant de tout son être au-dessus de la clôture. L'atterrissage fut une vraie surprise puisque sa chute fut amortie en douceur par un gros tas de neige vierge juste derrière la barrière. Quand il se releva, le Poulpe s'était transformé en bonhomme de neige, il ne lui manquait plus qu'une carotte en guise de tarin. Cette pensée amusante s'évapora lorsqu'il s'ébroua et il se reconcentra sur sa mission. L'immense chalet trônait devant lui sans aucune surveillance apparente. Les flics ne semblaient faire la vigie qu'à l'entrée principale du domaine et Gabriel pourrait donc aller vérifier le détail pour lequel il avait parcouru des centaines de kilomètres.

La lune était déjà visible au-dessus des montagnes, dans un ciel sans nuage, et la lumière commençait à décliner peu à peu. Toujours sur ses gardes, Gabriel s'avança à pas de loup jusqu'à la grande bâtisse de pierre et de bois. Il lui suffirait d'accéder à la porte d'entrée et d'inspecter la serrure. Toutes ses interrogations allaient obtenir une réponse simple, ce n'était plus qu'une question de secondes. À quelques mètres de la porte, il choisit de longer le petit chemin en gravier, dans l'herbe, pour ne pas attirer l'attention. Arrivé sur le perron, il s'accroupit et avança son visage à quelques centimètres de la serrure métallique. Le temps se suspendit un instant et, entre deux battements de cœur, Gabriel eut enfin la réponse à l'unique question qu'il se posait depuis le matin à Paris après sa lecture du journal. Son intime conviction vola en éclats et son séjour à Courchevel prit à cette seconde même une toute nouvelle tournure.

Juste au-dessus du trou de clef, la lettre « X » était gravée dans le métal. Le Poulpe ne savait que trop bien ce que cela signifiait : le début des emmerdes.

# Chapitre IV

Depuis qu'il était marmot, Gabriel s'était toujours demandé où toutes les étoiles créchaient vraiment, car il n'en voyait que quelques-unes qui se courraient après dans le ciel de Paname. Garé à flanc de ravin sur cette route des Alpes, il savait désormais où toutes ces petites loupiottes célestes se cachaient depuis toutes ces années : dans le noir anthracite des cieux montagnards. Le spectacle était grandiose et le silence assourdissant. Seule la condensation créée par sa respiration venait déranger cette féérie.

Les mains dans les poches, le regard au loin, il contemplait toutes les possibilités qui s'offraient à lui. Il allait devoir reprendre contact avec des personnes qu'il aurait préféré ne pas revoir avant qu'on le mette entre quatre planches.

Son téléphone portable vibra et le fit sursauter intérieurement, c'était le numéro du cousin de Gérard.

— Allô oui ?

— C'est bien Gabriel Lecouvreur ?

— Oui, c'est moi. Vous êtes le cousin de Gérard c'est ça ?

— Exactement ! Vous m'avez laissé un message concernant mon appartement à louer sur La Tania ?

— Oui, voilà, je suis sur Courchevel et je compte rester quelque temps.

— Écoutez, désolé ne pas vous avoir prévenu plus tôt, mais il est libre quand vous voulez.

— Si vous n'êtes pas trop loin et que ça ne vous dérange pas, je veux bien récupérer les clefs ce soir. Si je décolle maintenant je pense que je peux être sur La Tania dans à peine un quart d'heure.

— Ah si vous êtes sur Courchevel, il va vous falloir une petite demi-heure quand même ! Mais pas de souci, je peux vous attendre devant.

— Parfait.

Le cousin de Gérard lui fournit l'adresse et Gabriel se mit en route sans attendre. Quand il serait au calme et bien installé, il commencerait alors à passer des coups de fil.

Après exactement trente minutes de route, le Poulpe retrouva le cousin devant un petit immeuble datant des années soixante-dix. Ils montèrent au deuxième étage, firent le tour du deux pièces cuisine puis Gabriel donna six cents euros en cash en échange des clefs. Ils avaient convenu qu'il lui donnerait une rallonge s'il était amené à s'éterniser.

Quand le proprio claqua la porte d'entrée, le silence fit son grand retour. La Loi de Murphy à la main, Gabriel s'enfonça dans le canapé du salon et décida de se cultiver un peu avant d'attaquer la phase deux de son plan.

Un chapitre particulièrement de circonstance l'intéressa : la recherche.

« La Loi de Murphy appliquée à la recherche :

Une recherche suffisante pourra corroborer

votre théorie.

La Loi de Maier :

Si les faits ne sont pas conformes à votre théorie, ils peuvent être éliminés.

Corollaires :

1. Plus grosse est la théorie, mieux c'est.

2. Une expérience peut être considérée comme un succès si moins de cinquante pour cent des mesures observées ont été ignorées.

Loi de la Précision :

En travaillant à la recherche de solutions d'un problème, il est toujours préférable de connaître la réponse avant.

La loi de Young :

Toutes les grandes découvertes ont été faites par erreur.

Corollaire :

Plus grande est la découverte, plus le temps pour commettre l'erreur est long. »

Ces quelques passages du livre avaient réussi à faire doucement sourire Gabriel et, lui qui se considérait désormais comme un chercheur, un chercheur de vérité, espérait que l'ironie de ce genre de lois farfelues ne s'abatte pas sur son enquête.

Il balança sa tête en arrière, leva les yeux au plafond et se remémora le « X » gravé sur la serrure du chalet de Guillaume Verdannet. Il n'y avait pas d'équivoque, le signe était formel. Il allait devoir renouer le contact avec une vieille connaissance, un Irlandais capricieux du nom de Kenneth Dixon Ryan ou Ken pour les intimes. Ken n'avait pas de téléphone, trop parano, mais pouvait être joint en appelant dans son rade, le Real Mackenzie. Gabriel obtint les coordonnées du pub, prit deux belles inspirations et composa le numéro.

— Allô ! cria un barman.

— J'ai besoin de parler à Ken.

— Vous devez faire erreur, monsieur.

— Je viens de la forêt de Sherwood.

Il y eut un long silence puis le barman repris.

— OK. Donnez-moi votre nom et votre numéro.

Gabriel s'exécuta puis raccrocha. Il connaissait bien le protocole de ce vieux stressé d'Irlandais et il devrait sagement attendre que son téléphone sonne, sûrement en pleine nuit.

Kenneth Dixon Ryan était l'une des huiles d'une organisation secrète appelée les Robbers Des Bois. Ils faisaient des casses dans des villas de luxe ou des petits bracos dans des bureaux de poste et tout le magot allait financer une espèce de parti pseudo bio-écolo ou pour venir en aide aux plus démunis. Le Poulpe avait baigné ses tentacules là-dedans pendant quelques mois, des années en arrière. La raison sociale lui plaisait bien et l'objet encore plus. Il enquêtait à l'époque sur une histoire de préfet qui avait réussi à faire dégager des gitans d'un camp un peu trop facilement à ses yeux et il avait alors croisé la route de ces voleurs d'un nouveau genre et avait fait un bout de chemin avec eux. Il connaissait leurs méthodes et leur code d'honneur c'est pourquoi le fait divers du Dauphiné Libéré lui avait tapé dans l'œil. Comme leur nom l'indiquait, les Robbers étaient des voleurs, mais surtout pas des meurtriers. Ils étaient tellement réglo qu'ils ne cambriolaient jamais la même baraque. C'est le pourquoi de ce petit « X » gravé sur la porte d'entrée de chaque lieu visité. C'était un signe pour les générations futures ou tout simplement pour les amnésiques : on ne tape jamais deux fois au même endroit, un peu comme la foudre. Grâce à cette marque de fabrique, Gabriel était désormais sûr et certain que le cambriolage du chalet de Courchevel était à imputer à l'Irish et à sa bande, mais le coup du cadavre torturé et ligoté en plein milieu du salon sonnait faux.

Il allait devoir élucider ce mystère, mais sans l'aide de Ken, ce serait impossible. Gabriel espérait ne pas s'endormir avant de recevoir le fameux coup de fil.

Il s'assoupit pourtant et vers 3 h du matin, son téléphone sonna. Gabriel sortit précipitamment de ses rêves et décrocha.

— Allô ? dit une voix rocailleuse.

— Oui, répondit la voix endormie du Poulpe.

— Tu m'as appelé pour quoi ?

— Je suis à Courchevel. J'ai des questions à te poser.

Un silence, quelques respirations, puis l'accent irlandais.

— Très bien. On fera en sorte de te trouver, don't worry.

Clic.

Toujours cet énigmatique rouquin et ses méthodes alambiquées. Ceci dit, d'autres feraient bien d'en prendre de la graine, car le type opérait depuis plus d'une vingtaine d'années et son casier judiciaire était tellement propre qu'on aurait pu y bouffer dedans.

Quoiqu'il en fût, la piste des Robbers des Bois était désormais ouverte, mais elle n'était plus vraiment du ressort de Gabriel. Il savait qu'il devrait s'aventurer sur d'autres terrains et attendre que Ken et ses collègues lui donnent un rencard quelque part. Il ne fallait pas trop compter sur le fait que ça arrive de si tôt et plutôt se concentrer sur d'autres pistes.

Demain, Gabriel utiliserait sa fausse carte de presse et irait tirer les vers du nez des journalistes locaux, s'il en restait encore sur place. Au pire, quelques pintes dans les rades du centre-ville l'aiguilleraient vers les bavards locaux et il aurait sûrement d'autres informations pour alimenter son moulin. Le jour allait se lever et Gabriel força un rêve pour s'endormir. Un rêve qui vrilla vite vers l'érotique. D'abord Anaïs puis Cheryl. Puis les deux en même temps. L'une lui manquait, l'autre l'intriguait. Il appellerait quand même Cheryl à son réveil pour savoir comment elle allait et pour lui dire où il était. Elle allait gueuler, mais serait soulagée de savoir qu'il était encore en vie et la seule façon qu'elle aurait de lui montrer ses sentiments serait de gueuler encore plus.

Le lendemain, la taulière du Café de la Poste lui apporta, en plus du pain pour ses tartines, une autre sorte de pain, mais béni celui-là. Une vraie pipelette la patronne, du genre à finir avec des chaussures en béton dans le Rhône, mais elle avait fait faire un bond de géant à Gabriel et à son enquête.

Les Verdannet avaient la main mise sur la station et étaient propriétaires de plusieurs hôtels, de restaurants et de deux boîtes de nuit. C'est au V.I.C – le Very Important Courch'– que Gabriel avait le plus de chance de tomber sur Romain, le frère aîné de Guillaume. Il y était tous les soirs, mais sa cour était souvent si nombreuse qu'il était parfois difficile de lui toucher deux mots. Pour le reste, un rendez-vous à ne pas manquer allait se dérouler au cimetière de Notre-Dame des Neiges à Montagny : les obsèques de ce pauvre, mais riche Guillaume Verdannet. Il y avait fort à parier que l'accès serait interdit à toute personne étrangère à la famille, mais si jamais un canard local venait y fourrer ses guêtres, lui et sa carte de presse pourraient y faire quelques émules. Sa journée et sa soirée étaient toutes tracées et il pouvait à présent déguster son café et prendre des forces avant de partir tout schuss sur les pistes de la vérité.

Il avait oublié son bouquin sur la loi de Murphy, mais se remémora quelques lignes qui l'avaient marqué.

« Le dilemme du travailleur :

1. Peu importe la quantité de travail abattue, ce ne sera jamais assez.

2. Ce qui n'est pas fait est toujours bien plus important que ce qui est déjà fait.

La loi de H. L. Mencken :
Ceux qui peuvent, font.
Ceux qui ne peuvent pas, enseignent.

Extension de cette loi :
Ceux qui ne peuvent pas enseigner, administrent. »

Ça en disait long sur le système qu'il pensait biaisé et corrompu, d'une manière humoristique, mais si proche de la vérité. Gabriel n'avait jamais pu s'inscrire dans cette société de profits et d'apparences. Toutes les administrations et toutes les hiérarchies comportaient de nombreuses failles qui s'élargissaient de plus en plus avec le temps et faisaient sombrer toute cette société. Une nouvelle fois, Gabriel devait s'y insérer, donner l'illusion d'en faire partie, prendre ce dont il avait besoin puis s'en extraire jusqu'à la prochaine fois. Il aimait la vérité par-dessus tout et trouvait ironique de devoir mentir pour l'obtenir. La justice ? Il laissait ça aux institutions dont c'était le rôle, mais n'y croyait pas vraiment. Toute cette histoire d'impartialité lui paraissait bien impossible, romantique, mais impossible. Si l'homme était de nature impartiale, ça se saurait ! Non, il se voilait la face comme on essayait de voiler celle de la déesse de la justice, Thémis, alors que lorsque tout le monde avait le dos tourné, on savait très bien qu'elle jetait un petit coup d'œil sous son bandeau pour vraiment savoir comment prendre sa décision. Celui qui agitait la plus grosse liasse pouvait biaiser la balance et la faire pencher de son côté. Une grosse liasse, Gabriel en aurait bien besoin pour Raymond afin qu'il puisse enfin finir ce maudit Polikarpov, un vieil avion qu'il retapait depuis des lustres avec l'aide de ce vieux roublard. Il avait bien bossé gratos quelque temps sur le zinc, mais une opération à la hanche l'avait forcé à une convalescence assez longue et, lorsqu'il fut remis sur pieds, il fit bien comprendre au Poulpe – au rampant, comme il l'appelait – qu'il ne toucherait à la carcasse de la bête qu'à condition que quelques talbins se glissent dans les poches de son bleu de travail. Mais Gabriel avait déjà sa petite idée là dessus et il trouverait un moyen de se faire rembourser ses frais de déplacement au centuple.

Il avala d'une traite la fin de son café et se mit en route pour le cimetière. Il ne savait pas encore quelle carte il allait jouer ni quelle fausse carte il allait sortir, mais il improviserait sur place. Un trajet d'environ une demi-heure lui donnerait amplement le temps de réviser ses personnages et ses répliques favorites.

Lorsqu'il passa devant la jolie petite chapelle de Notre-Dame-des-Neiges, il comprit vite que Guillaume Verdannet avait beaucoup de famille et d'amis. Des barrières avaient été installées et une dizaine de gorilles faisaient la sécurité. Gabriel repéra très vite deux photographes, en marge du cortège, et, au vu de l'aspect professionnel de leurs engins, il tabla directement sur des journalistes. Il se gara hors de portée des regards et se dirigea vers tout ce beau monde. Il jeta son dévolu sur le plus petit des deux journalistes, un tout jeune homme avec une barbe de trois jours qu'il avait dû faire pousser pendant trois mois. Il se stationna à un mètre de lui, sortit un carnet et un stylo et s'assura de mettre en évidence sa carte de presse avant de la remettre dans la poche intérieure de sa veste. Il se tourna vers le jeune :

— Salut.

— Salut.

— T'es de quelle maison ?

— Du Petit Savoyard.

Le type était aussi froid que la neige qui faisait de la résistance à l'ombre de la chapelle, mais Gabriel pressentait qu'il pouvait en tirer quelque chose.

— T'as pas vu un grand black avec une grosse sacoche

comme la tienne par hasard ? reprit le Poulpe.

— Euh, non pourquoi ?

— C'est mon photographe, je l'attends depuis des plombes et son téléphone est coupé.

— Non, désolé, j'aurais remarqué. Tu bosses pour le Daubé ?

— Ah non, je suis du Parisien.

Les yeux du gosse s'illuminèrent et son attitude changea du tout au tout.

— Du Parisien ? Que nous vaut cet honneur ?

— C'est une longue histoire, mais en gros, le type qui a passé l'arme à gauche est un pote de mon boss. Pour ma part, j'étais en vacances dans la région et je lui devais une faveur… d'où ma présence ce matin.

— En effet, c'est pas commun.

— Tu peux me rencarder un peu ? J'étais tranquille à faire de la rando quand on m'a dit de couvrir l'événement. Je sais juste ce qu'il y avait écrit dans le Dauphiné Libéré.

— C'est à peu près tout ce qu'il y a à savoir au final. Une enquête est en cours, les flics ont interrogé toute la famille, rien de louche d'après ce que je sais et là, ils doivent commencer à entendre l'entourage un peu moins proche on va dire.

— Y'a déjà des pistes ? Parce que je me dis qu'un type qu'on torture, c'est un type à qui on veut faire dire quelque chose.

— Ou à qui on veut faire payer quelque chose…

— L'un comme l'autre, il a dû énerver quelqu'un le père Verdannet !

— Disons que si on va par là, ils énervaient un peu tout le monde les deux frères Verdannet. Ils sont richissimes et font la pluie et le beau temps sur la station tandis que nous, pauvres mortels, nous subissons cette chienne de vie.

— On est tous égaux devant la mort, la preuve.

Des personnes endeuillées entraient dans la chapelle

à mesure que d'autres en sortaient. Les gros bras loués pour l'occasion tenaient les badauds à distance et dans « badauds » il fallait comprendre les deux journalistes qui étaient sur place et le Poulpe. On dirigeait les gens vers le petit cimetière qui jouxtait le mur est de la chapelle. Il serait impossible pour quiconque, même pour Gabriel, de pénétrer l'enceinte. Il y avait, en vérité, bien mieux à faire en discutant avec le journaliste du petit canard local. Il avait l'air de se mettre à table facilement, sûrement impressionné par le nom de cette grande enseigne venant de la capitale.

— C'est un coup des Russes tout ce merdier, reprit le jeune.

— Des Russes ?

— Déjà, y'a qu'eux pour avoir de telles pratiques, ils se croient tellement chez eux ici qu'ils oublient qu'on fait pas ça ici, en France.

— Je suis pas sûr qu'on ait tellement le droit de faire ça là bas non plus…

— Ouais, bref, y'a déjà eu des histoires de prostitution avec des filles de l'Est et comme par hasard, quelques semaines après, tout est rentré dans l'ordre avec carrément les excuses de la police. On croit rêver !

— C'est les Verdannet qui étaient impliqués ?

— Oui, ils sont toujours entourés de filles super jeunes et super belles et quand des huiles du coin ou des hommes politiques influents venaient se mettre au vert ici à Courch', on soupçonne qu'ils faisaient un petit passage par la case « bon temps avec des filles pas trop farouches ».

— Et j'imagine que c'est comme ça que certains terrains inconstructibles pouvaient miraculeusement accueillir un hôtel six mois après ?

— Voilà ! il pouffa de rire.

Gabriel fit mine de s'impatienter et regarda sa montre à plusieurs reprises. Son petit manège fut vite interrompu par l'arrivée d'une grosse berline noire de marque allemande.

Tous les regards se braquèrent sur l'homme qui en descendit et les visages se crispèrent. On s'agitait dans la foule et une personne en particulier remontait la file de gens à contresens pour se diriger à pas pressants vers le nouvel arrivant. Le jeune journaliste arma son appareil photo et se prépara à shooter. Il lança une réplique à l'attention de Gabriel :

— Voilà le frère Verdannet, Romain, qui rencontre sa Némésis, Tonio Ghersi !

— C'est qui celui-là ?

Il n'eut pas le temps de répondre que l'action devint intéressante au moment où les deux hommes se trouvèrent face à face. Romain Verdannet ouvrit le bal.

— T'as pas honte de te pointer ici ?

— Je suis venu t'apporter mes condoléances, sans arrière-pensées.

— Mon cul ! Avec toi, tout se paye au prix fort donc reprends tes condoléances et repars d'où tu viens.

Tonio avait l'air sincèrement triste. Il baissa la tête, fixa le sol le temps d'un battement de cœur puis se retourna sans demander son reste. La personne qui l'accompagnait – son chauffeur sans doute – fit démarrer la berline et, sous les yeux médusés de tout le monde, elle s'éloigna sur les routes de montagne.

Romain Verdannet ne rejoignit pas tout de suite sa famille qui avançait vers le cimetière, car il avait encore de la ressource pour en placer une pour ses trois voisins de gauche.

— Et vous aussi bande de fouille-merdes, dégagez-moi le paysage !

On ne tient pas tête à un homme qui vient de perdre son frère dans d'atroces circonstances, si bien que les deux vrais journalistes, et le faux, se dispersèrent sans remous. Lorsqu'ils furent hors de portée du mépris général, Gabriel tenta un dernier petit questionnaire.

— C'est qui ce Tonio en question ?

— C'est Antonio Ghersi, l'homme qui a l'autre moitié des boîtes de nuit et des hôtels de la station. Sauf, que lui, c'est un rital, il est pas vraiment du coin, et les deux se tirent la bourre depuis les années 80 en gros.

— Quand Verdannet est au V.I.C., il est où l'autre, Ghersi ?

— Il a plusieurs boîtes, mais le gros concurrent du V.I.C. c'est les Caves. À mon avis, c'est plutôt là qu'on peut le trouver.

— Il avait pas l'air content le Verdannet. En dehors d'une guéguerre de bouclards, y'a autre chose là dessous, c'est pas possible autrement ?

— Bah le souci c'est que dès que la nouvelle de la mort de Guillaume Verdannet a transpiré, tout le monde, sa famille en premier, a crié au meurtre, accusant plus ou moins Ghersi d'avoir commandité la chose.

— Et ça tient selon toi cette théorie ?

— Il y a eu des menaces de mort à l'époque et ils en sont venus aux mains plusieurs fois ses vingt dernières années.

— Tiens donc…

Le bulbe du Poulpe marchait à plein régime et il estimait en savoir assez pour élaborer un planning d'investigation. Ayant le sentiment que le jeune journaliste en savait beaucoup plus qu'il ne pouvait le démontrer en une conversation anodine de collègue à collègue, il lui demanda sa carte. Il entreprit de rentrer sur Courchevel quand il fut interpelé par un détail.

Dans la foule, devant la chapelle, près de Romain Verdannet occupés à serrer des mains et à faire des bises, un visage qu'il aurait reconnu parmi mille se détachait au loin. Un nouveau chapitre bien plus mystérieux que les autres venait de s'ouvrir devant Gabriel et il allait devoir élucider la raison pour laquelle se tenaient au milieu de tous ces gens, Anaïs.

# Chapitre V

Après une traditionnelle fondue savoyarde qu'il aurait payée dix fois plus deux cents mètres plus haut en altitude, Gabriel s'en jeta une petite en attendant une heure plus avancée et plus appropriée pour débarquer à Courchevel, dans une des boîtes du fameux Toni. Il avait longuement réfléchi à l'élaboration d'un plan, mais l'improvisation allait sûrement jouer un grand rôle dans sa réalisation. Il y avait fort à parier qu'il ne pourrait pas rentrer aux Caves et il devrait peut-être sortir sa fausse carte de police, mais c'était toujours un peu risqué.

Devant la boîte de nuit, des taxis et des voitures de luxe déversaient leur lot de filles superbes, juchées sur des talons vertigineux, occasionnellement accompagnées par des hommes dont le compte en banque avait réussi à faire oublier leur âge avancé. Gabriel s'étonna de voir autant de monde hors saison, preuve que Courchevel n'avait pas encore révélé tous ses secrets. Il était évident qu'une seconde saison s'ouvrait pour ce patelin des Alpes, juste après celle des sports d'hiver. La langue pratiquée était le Russe, en grande majorité, et certains disaient que Courchevel la blanche était passée à Courchevel la rouge.

Il laissa quelques clients entrer dans le night-club et s'approcha à son tour du videur. Comme il s'en doutait, le gorille détourna délibérément le regard et ignora la présence du Poulpe, pourtant à moins d'un mètre de lui. Une nouvelle superbe créature enveloppée dans un manteau de fourrure blanc sortit d'un taxi, le gros bras s'affubla alors de son plus beau sourire, ouvrit la porte et invita la jeune femme à entrer. Un peu agacé par le manège, Gabriel entreprit à son tour de tenter une approche, mais sa route fut brusquement barrée.

— Vous allez où, monsieur ?

Le Poulpe se mit immédiatement dans son personnage de flic téméraire qui n'a pas la langue dans sa poche.

— Depuis quand faut te demander la permission, Nestor ?

Le videur lui serra le bras avec une force surhumaine, mais Gabriel ne broncha pas d'un sourcil. Il se contenta d'utiliser son autre main – encore valide – et la plongea dans la poche intérieure de sa veste en cuir pour en extraire une carte de police.

— Détends-toi un peu l'ami et laisse-moi bosser, le suis là pour voir Toni.

À la vue du précieux sésame, le molosse blanchit de quelques pour cent en repensant à son casier judiciaire et relâcha la pression sur le tentacule du Poulpe. Il lança un simple : « Allez-y, il est dans la salle du fond. »

Lorsque Gabriel passa le sas d'entrée, ses pupilles durent s'élargir au maximum pour s'accoutumer à l'obscurité du lieu et ses tympans furent mis à rude épreuve par la qualité médiocre de la musique et par son impressionnant volume.

Les infrabasses forçaient les gens à se hurler aux oreilles et la chaleur qui régnait effeuillait les filles. Hors de question pour Gabriel de quitter son gros blouson, même s'il commençait à attirer les regards. Son unique destination était la salle du fond pour tenter une rencontre avec le propriétaire des lieux. Sa couverture de flic serait inutilisable dans ce cas et il allait devoir improviser. Au loin, accoudé au bout d'un bar tout illuminé, il reconnut l'Italien. Celui-ci discutait avec un membre de son équipe et ne prêtait pas attention à Gabriel qui s'approchait d'eux à pas assurés.

Lorsqu'il fut à portée de voix de Toni – c'est-à-dire très près –, il osa l'interpeler sans introduction.

— Vous êtes monsieur Ghersi ?

— Qui le demande ?

— Je voulais juste savoir si vous étiez le responsable ici et à quelle heure vous finissiez.

— Et la raison serait… ?

— Je ne veux pas vous déranger maintenant, mais j'aurais aimé m'entretenir un peu avec vous après votre travail ici.

— La boîte ferme à 5 h du matin, mais sans vouloir vous vexer, je préfère que vous m'attendiez dehors. Je ne sais même pas comment vous êtes entré…

Il se redressa, s'approcha de Gabriel et commença à l'accompagner vers une sortie. Il fit un clin d'œil à un de ses sbires stationné non loin d'eux et celui-ci prit le relais. Une issue de secours devait donner sur une des petites rues derrière l'immeuble et le Poulpe y fut conduit. Voyant que l'indésirable prenait la chose avec calme, tout se passa en douceur et personne ne lui lâcha un mot à part un « Bonne soirée, monsieur », lorsqu'il fut à l'extérieur. Même un peu humilié, Gabriel avait apprécié la décence qu'ils avaient eue de ne pas l'éconduire par l'entrée principale. Il savait néanmoins que c'était plus une question d'image qu'une marque de courtoisie.

Peu importait, il avait désormais un nouveau plan qui

consisterait à attendre la sortie de Toni Ghersi et à le suivre où qu'il aille. Il releva le col de son blouson, enfonça les mains dans ses poches et se dirigea vers sa voiture. Il l'avait garée de telle façon à pouvoir observer les allées et venues de tout le monde depuis son rétroviseur extérieur. De nature plutôt impatiente, il savait qu'il aurait du mal à regarder l'heure tourner, aussi décida-t-il de rabattre le siège conducteur au maximum pour piquer un petit somme. Il régla un réveil pour 5 h espérant que Toni ne sorte pas avant l'heure fatidique.

Avant de se jeter dans les bras de Morphée, il continua la lecture de son livre sur la loi de Murphy.

« Des relations humaines.

Le principe de Beifield :

La probabilité qu'un jeune homme rencontre une jeune femme désirable et à l'écoute augmente de façon pyramidale lorsqu'il est en compagnie :

1. D'un flirt.
2. De sa femme.
3. D'un ami riche et plus séduisant.

Deuxième loi d'Hartley :

Ne jamais coucher avec quelqu'un de plus fou que soi.

Postulat de Pardo :

1. Dans la vie, toutes les choses agréables sont soit illégales, soit immorales, soit font grossir.
2. Les trois seules choses fidèles dans la vie sont l'argent, un chien, et une vieille femme.
3. Peu importe que vous soyez riche ou non, tant que vous pouvez vivre confortablement et avoir tout ce que vous désirez. »

Le Poulpe avait souvent fait les frais de la deuxième loi d'Hartley. Dans ses souvenirs, Cheryl y tenait le rôle de vedette. Il avait complètement oublié de l'appeler et il n'allait pas le faire à cette heure tardive. Il se demandait s'il aurait le temps dans les prochains jours puis s'interrogea sur la raison pour laquelle elle non plus n'avait pas cherché à le joindre. Elle était sûrement passée chez Gérard, Au pied de porc à la Sainte-Scolasse, et aurait reçu de ses nouvelles. Il devait déjà être au courant par son cousin qu'il louait son appartement à la Tania et en avait probablement informé Cheryl. Elle avait dû pester contre Gabriel et contre le fait qu'il était encore fourré dans une de ses enquêtes qui n'avaient ni queue ni tête et qui le ramenaient souvent avec la gueule cassée ou des points de suture faits à la va-vite chez un copain vétérinaire. Elle n'avait malheureusement pas tort et moins elle en savait, mieux c'était.

Il s'emmitoufla dans son blouson et ferma les yeux, tentant de ne pas polluer ses pensées avec la mystérieuse Anaïs.

De petits sons stridents sortirent Gabriel de ses rêves. Dès qu'il ouvrit les yeux, il les avait déjà oubliés. Ses rêves, pas les sons stridents ! Il stoppa l'alarme de sa montre rapidement et leva la tête en direction de la vitre de la portière droite, mais pas moyen de voir quoique ce fut. Tout l'habitacle était complètement embué et la température frigorifique qui y régnait lui aurait fait pisser des glaçons. Il démarra la voiture et enclencha le désembuage à fond. L'air glacial de l'extérieur s'engouffra dans sa planque à quatre roues dans un vacarme de tous les diables. Il baissa la vitre et retrouva son point de vue inversé grâce au rétro. La rue était déserte et il n'y avait plus de videur qui faisait le planton devant l'entrée de la boîte. Si Ghersi devait se taper la caisse à compter et tout le bordel, il en aurait peut-être pour encore une bonne heure et pendant ce temps là, le Poulpe allait devoir rester les yeux vissés sur cette nature morte nocturne de genre savoyard.

La loi de Murphy était sûrement encore en train de pioncer et sa bonne étoile s'était levée de bonne heure : le Tonio en question, emmitouflé dans une grosse veste trois quarts, sortait de son établissement à grands pas.

Il ne fallait pas le perdre de vue ni se faire repérer. Ils seraient sûrement les deux seules bagnoles à circuler à cette heure-ci dans la station, la discrétion était de mise.

Ghersi disparut du rétro de Gabriel et il dut se retourner pour ne pas perdre sa trace. Quelques mètres plus loin, il embarqua à bord d'un gros 4x4 noir mat, synonyme évident d'une taille phallique hors norme. Il démarra, enclencha son clignotant puis s'engagea dans la rue principale, repassant devant son night-club.

Gabriel lui laissa quelques dizaines de mètres d'avance et entama une manœuvre de façon à pouvoir commencer sa filature. Dans les films, les flics laissaient leurs phares éteints, mais franchement, quoi de plus étrange qu'une voiture qui roule derrière vous en pleine nuit tous feux coupés ? Le Poulpe n'était pas dans un film et il y avait fort à parier que Tonio ne s'était absolument pas rendu compte qu'un véhicule roulait derrière lui.

Le convoi emprunta une rue sinueuse qui grimpait inlassablement vers une zone résidentielle. Ils passèrent un plan d'eau sur la gauche et lorsqu'au bout de la rue des Gravelles, Tonio Ghersi vira à droite pour s'engager dans ce qui semblait être une voie sans issue, Gabriel ralentit et se gara sur le bas côté. Il décida de finir le reste de sa traque à pied, juste à temps pour apercevoir sa cible entrer dans un chalet faisant partie d'un joli lotissement. Il imprima l'endroit dans son cortex cérébral comme étant le domicile du rital. Si, dorénavant, il se sentait l'envie de lui taper la causette, il viendrait directement l'attendre sur le perron de sa baraque et non pas dans son club pour jeune ruskov en manque de sensations fortes.

Gabriel était crevé et ce n'était pas les quelques heures passées à attendre la sortie de Ghersi dans son frigo roulant qui l'avaient aidé. Il voulait se retrouver le plus vite possible dans son plumard de la Tania et espérait que le petit picotement qu'il ressentait déjà au niveau des mirettes n'allait pas le mettre en danger sur ces routes à vous foutre la nausée. La nuit allait être courte, car il désirait faire une visite à la mystérieuse Anaïs au plus tôt le lendemain.

Gabriel se tint prêt pour 10 h. En fouillant dans les placards, il trouva un fond de café instantané qu'il se prépara et regretta aussitôt de l'avoir ingurgité. Pas le temps d'aller voir la taulière du rade d'à côté. Ses commérages étaient pourtant bien utiles, mais le temps pressait et il voulait être aux Bleuets avant 11 h et voir ce qu'il pouvait tirer d'une conversation plus poussée avec Anaïs. Dehors, le soleil était radieux, les névés se retiraient petit à petit, laissant place à la verdure, et les méandres du goudron blanchi par le salage des routes se faisaient un peu plus familiers au fil des jours. À force de tourner comme un avion dans toute la station, Gabriel commençait à la connaître par cœur, il aurait pu faire le trajet les yeux fermés.

Arrivé devant les Bleuets, sa place de livraison l'attendait, pareille au jour de son arrivée. Il n'avait rien à livrer à part un long questionnaire pour Anaïs.

Les portes automatiques de l'entrée laissèrent le passage à Gabriel qui se dirigea vers la réception. Un vieil ami, le présentoir à fascicules touristiques, le salua d'un plan de la station sur papier glacé. Le deuxième salut de la journée vint de la réceptionniste qui arborait un tailleur impeccable aux couleurs de l'hôtel et un grand sourire mi professionnel, mi-artificiel.

— Bonjour, Monsieur, que puis-je faire pour vous ?

Pour le Poulpe ? Oh, elle pouvait en faire plein de trucs, mais à cette heure de grande écoute, il allait se contenter de lui demander quelques tuyaux.

— Bonjour, je souhaiterais parler à une jeune demoiselle qui s'appelle Anaïs, je l'ai déposée ici avant hier…

— Euh oui, elle parut déconcertée, savez-vous quelle chambre votre amie a-t-elle réservée ?

— C'est-à-dire que je suis chauffeur de taxi et je l'ai conduite ici voilà deux jours, mais elle a oublié un de ses sacs dans ma voiture… Je viens seulement de le remarquer ce matin, il s'était glissé sous…

— Ce que je peux vous proposer, le coupa-t-elle, c'est que dès que j'ai la confirmation qu'une cliente répondant au prénom d'Anaïs séjourne bien chez nous, vous pourrez simplement déposer le sac ici à l'accueil et nous ferons le nécessaire. Peut-être connaissez-vous son nom de famille ou le nom sous lequel sa chambre a été réservée ? Cela accélérerait le processus, finit-elle en souriant.

Gabriel avait bien entendu anticipé tout ça, mais c'est pas parce qu'on n'a pas de pelle qu'on peut pas creuser. Les gens font toujours des erreurs et les protocoles professionnels n'étaient pas toujours respectés à la lettre. Un décolleté bien ouvert pouvait souvent rallonger les découverts à la banque de quelques jours et si votre femme était sur le point d'accoucher cela réussissait parfois à vous faire esquiver une amende pour excès de vitesse. Sans poitrine avantageuse ni femme en cloque, cette petite tentative allait s'avérer plus ardue, c'était certain.

— Malheureusement, je n'ai aucune de ces informations.

C'est bien la première fois qu'il disait la vérité pendant son séjour, pensa-t-il. La réceptionniste pianota sur son clavier, les yeux dans le vide. Gabriel ne savait pas très bien si c'était du chiqué ou si elle cherchait vraiment à l'aider. L'un comme l'autre, lorsqu'elle releva la tête, elle fut catégorique. Pas d'Anaïs.

L'affaire s'enfonçait dans une brume de plus en plus

épaisse et le Poulpe n'était pas monté avec des antibrouillards de série. La requête était vaine, nul besoin d'en rajouter comme le proclamait un certain slogan publicitaire pour le café. Les portes automatiques s'ouvrirent sur le froid extérieur et les joues de Gabriel rosirent. Les deux mains enfoncées dans les poches de sa veste et les yeux plissés pour empêcher le soleil alpin de lui filer un glaucome, il repartit d'où il était venu. Les pistes étaient maigres et il ne voyait qu'une bière pour le remettre dans le droit chemin.

Juste avant d'arriver à sa voiture, un des grooms de l'hôtel — qui faisait sa pause clope dans un coin à l'abri des regards du patronat — l'interpela :

— Elle est nouvelle, elle est pas au courant.

Gabriel se retourna.

— Pardon ?

— À la réception. C'est une nouvelle. Elle est pas au courant pour la Verdannet.

— Tu veux dire pour « le » Verdannet ?

— Mais non ! il ricana, pas celui qui est mort ! « La » Verdannet, Anaïs Verdannet !

Autour du Poulpe, du brouillard, noir, comme s'il s'était aveuglé avec sa propre encre.

— Merci de l'info, répondit-il. Du coup, j'y retourne avec le bon nom de famille.

— Ça servirait à rien. Elle n'est pas dans les registres. Cet hôtel appartient à sa famille et elle bénéficie d'une chambre à l'année, au dernier étage. Son nom n'apparaît nulle part parce que c'est censé être confidentiel, mais tous ceux qui sont du coin le savent, qui plus est ceux qui travaillent aux Bleuets.

Le jeune fumeur écrasa son mégot sous sa chaussure et se pressa en direction de l'hôtel. Gabriel resta planté là, digérant l'information qu'il venait d'avaler. La raison pour laquelle il avait aperçu Anaïs à l'enterrement était désormais valable, mais un gouffre d'interrogations en tous genres s'ouvrait à ses pieds. Plus que jamais il avait besoin de s'entretenir avec la fille du train.

# Chapitre VI

Avant qu'il ne se glisse dans sa voiture de location, elle pointa le bout de son nez à l'entrée principale des Bleuets. Anaïs. Anaïs Verdannet. Elle lui fit un signe de la main qu'il interpréta comme une invitation à venir s'approcher d'elle. Le hasard avait voulu qu'elle soit dans le hall d'entrée quand le groom qui revenait de sa pause la vit et lui indiqua qu'un homme la cherchait. Il avait suffi qu'il lui dise qu'il avait de grands bras pour qu'elle comprenne immédiatement qu'il s'agissait du Poulpe. La curiosité la poussa à sortir et à l'interpeler.

Ils ne se parlèrent pas durant tout le trajet jusqu'à l'ascenseur. Ils ne mouftèrent pas non plus lorsqu'ils se retrouvèrent nez à nez, à quelques centimètres l'un de l'autre, dans la boîte de métal qui filait au dernier étage. Les souvenirs de Gabriel reprirent vie sous l'action chimique du parfum d'Anaïs. Tout d'abord, le souvenir de sa nuque si délicate qu'il avait pu espionner lorsqu'ils étaient descendus du train. Puis ceux de ses yeux, de ses cheveux et de sa façon de se mouvoir, de parler, quand Murphy et sa loi lui laissèrent le bonheur de la conduire pendant quelques kilomètres. Désormais, c'est elle qui le conduisait jusqu'à une mystérieuse chambre qu'aucun client ne pouvait réserver. Une chambre attribuée à l'année à ce membre de la famille Verdannet. Il avait une envie folle de l'embrasser et son petit sourire narquois au coin des lèvres ne l'engageait pas à désirer autre chose. Ils se reluquèrent pendant l'ascension des six étages puis Gabriel sourit, un jingle à trois notes leur annonçant leur arrivée. Il eut à peine le temps de cligner deux fois des yeux qu'il se retrouva debout, au centre de la suite avec, face à lui, Anaïs, assise sur le lit. Elle semblait dans l'expectative, Gabriel commença :

— Sympa ta piaule ! Parfait pour une lune de miel.

— Sympa ton accent ! Parfait pour un Belge…

Les cartes étaient abattues sur la table, chacun avait vu le jeu de l'autre. OK.

— Tu es revenue pour l'enterrement ? relança Gabriel.

— Oui. Un peu obligée…

Elle prit une fine cigarette d'un paquet sur la table de nuit et l'alluma dans un geste lent. Elle tendit le paquet au Poulpe qui secoua le bulbe en guise de réponse.

— Moi, j'ai une raison d'être ici. Mais toi ? fit-elle en haussant un sourcil.

— Moi aussi, mais à partir de maintenant c'est moi qui vais poser les questions et si j'estime que tu réponds bien, je te dirais pourquoi je suis là.

Anaïs considéra ses options un court instant puis indiqua à Gabriel qu'il pouvait commencer.

— Guillaume Verdannet, c'est qui pour toi ?

— C'est mon oncle.

— Tu es la fille de Romain ?

Elle tira une longue bouffée sur sa cigarette.

— Non, mon père, je ne l'ai jamais connu. Je suis la fille

de leur sœur, Éva.

— Y'en a encore combien comme ça ?

— Ils ne sont que trois frères et sœurs… enfin, plus que deux…

Anaïs se leva et se dirigea vers le bar.

— J'en ai oublié mon hospitalité ! Tu veux quelque chose à boire ?

— Si tu as une bière, oui, je veux bien.

Elle se mit à rire avec retenue.

— Je crois qu'il y a du champagne ou du whiskey, s'amusa-t-elle.

— Je passerai pour cette fois alors, merci.

— J'ai bien répondu aux questions ? Je peux t'en poser à mon tour ?

Le Poulpe ne savait pas trop sur quel pied danser, il se sentait paralysé par le charme croissant de la jeune femme qui se tenait devant lui. Il était là, planté au milieu de la pièce, ses grands bras ballants et sa veste en cuir toujours sur lui. Son cerveau procédait à la classification des nouvelles informations, mais il ne savait pas encore quelles conclusions en tirer. Son instinct lui disait qu'il pouvait lui faire confiance. Mais son instinct lui disait aussi qu'il fallait qu'il se mette au pieu avec et fissa ! Peut-être le fait de se livrer à elle lui ferait prendre un peu d'avance sur ses hormones.

Elle se servit une coupe de champagne puis vint se rasseoir sur le lit. Après une gorgée qui laissa une légère trace de rouge à lèvres sur le verre, elle relança le dialogue.

— J'imagine que ton histoire de vieil ami défunt en la personne de mon oncle est tout aussi vraie que ta nationalité wallonne ?

— Disons que je suis une sorte de mec qui fourre son nez là où ça sent pas toujours très bon. C'est la vérité qui m'intéresse.

— Après tous les mensonges que tu m'as racontés, on dirait pas.

— Ce sont de petites distorsions de la réalité qui me permettent d'aller là où j'ai besoin d'aller.

— Et t'as besoin d'aller où ?

— Ton oncle n'est pas vraiment mort naturellement et j'ai bien peur que les flics ne fassent pas le meilleur des boulots.

— Mon oncle était très riche, cela attise les convoitises. Le cambriolage de son chalet aura mal tourné.

— C'est ta version officielle pour la presse ?

— C'est la seule version.

— J'ai beaucoup de mal à y croire, vois-tu.

— Tu veux m'embrasser ?

Il y eut un long silence qui fut brisé par les gloussements d'Anaïs. Elle bascula en arrière, sur le lit, puis reprit de nouvelles bouffées sur sa cigarette.

— Je suis bête, je ne connais même pas ton prénom ni d'où tu viens.

Gabriel avait deux options : dire la vérité ou mentir une nouvelle fois.

Cheryl détestait par dessous tout le mensonge. Il lui semblait qu'Anaïs ne devait pas faire.

— Je m'appelle Gabriel et je suis monté de Paris le jour où tu m'as vu dans le train.

— Nous avons pris le même train ? Je t'ai vu pour la première fois sur la route, quand mon gros sac s'est cassé.

Un véritable coup de poignard venait d'être asséné au Poulpe et l'un de ses trois cœurs était indubitablement brisé. Il encaissa le coup et repartit à la charge.

— Aucune idée de qui pourrait en vouloir à ton oncle ?

— À part la terre entière, je ne vois pas, non.

— Tu n'as pas l'air d'être plus attristée que ça de sa disparition.

Le visage d'Anaïs s'assombrit, elle baissa le regard et considéra le vide devant elle. Gabriel venait d'avoir une touche, plus qu'à mouliner doucement.

— Ta mère ne s'entendait pas avec lui ? reprit le Poulpe.

— Je pensais vraiment que tu étais venu pour moi, mais si c'est un vrai interrogatoire que tu veux, ça va beaucoup moins m'amuser.

— Il y a un temps pour tout ma jolie.

— Travaille un peu tes répliques et reviens plus tard, veux-tu.

Circulez, y'a plus rien à voir. Le magasin était fermé et Gabriel n'avait pas la clef. Anaïs s'étendit sur le couvre-lit, écarta les bras et fixa le plafond, espérant que le Poulpe aurait disparu lorsqu'elle déciderait de relever la tête.

Sans lui adresser un regard, elle lança une dernière petite phrase dont elle avait le secret.

— Et quand une femme évoque la possibilité d'un baiser, la moindre des choses c'est de l'embrasser.

Une femme ? Une fille, pensa Gabriel.

Son égo avait été quelque peu froissé et il était temps de repartir sur les routes de la vérité.

— Échangeons nos numéros, dit-il, et on verra si je peux répondre à ta demande.

Il laisserait la gamine mûrir un peu avant de revenir lui tirer les vers du nez et cette fois-là, il ne demanderait pas son reste et l'embrasserait à pleine bouche.

De retour au chaud dans sa voiture, Gabriel sortit la carte de visite du jeune journaliste croisé aux obsèques et composa son numéro. Yannick Servettaz : le Petit Savoyard. Gabriel Lecouvreur : le grand Parigot.

— Allô ?

— Allô Yannick ? C'est Christophe du Parisien, on s'est croisé au cimetière…

— Ah oui, salut !

— Dis-moi, je dois envoyer un premier jet à ma rédac » et j'aurais bien aimé quelques infos en plus. Entre collègues on peut s'aider ?

— Je repars à Annecy dans quelques heures, t'as besoin de savoir quoi ?

— Merde… Je pensais qu'on aurait pu se voir autour d'un demi.

— C'est un rencard ou quoi ah ah ?

— T'es libre maintenant ? le coupa Gabriel

— Wow, t'es pas un marrant toi ! Oui, je rends les clefs de ma chambre d'hôtel et j'ai en gros deux bonnes heures devant moi.

— C'est parfait. Y'a un rade de pécores pas loin de l'hôtel des Bleuets.

— OK, je vois très bien. Je peux être là bas dans vingt minutes.

— Je t'y attendrai.

Gabriel raccrocha. S'il se montrait coopératif, Yannick allait l'aider à démêler quelques fils dans tout cet imbroglio.

Vingt minutes et deux demis plus tard, le jeune journaliste entra dans le bar, chercha Gabriel du regard puis se rapprocha de sa table. Il se baladait avec un sac à dos plein à craquer et un sac de sport en guise de bagages. Il déposa tout son barda au pied de sa chaise et s'assit.

— Bon, j'ai bien réfléchi, lança-t-il au Poulpe.

— Content que ça puisse t'arriver de temps en temps, blagua-t-il.

— J'ai une info ultra confidentielle que seule la police connaît, ça pourrait t'intéresser.

— Pourquoi tu ne la gardes pas pour toi et ton canard ?

— Parce que je peux te proposer un marché.

— Je t'écoute.

— Le Petit Savoyard c'est bien, c'est peinard, on est au vert, mais moi ce qui m'intéresse c'est un job à la capitale.

— Je suis pas D.R.H, je suis comme toi, simple journaleux.

— Je te demande pas la lune. Mon info te fera pas gagner le Pullitzer non plus. Ce que j'aimerais c'est que tu me garantisses que mon C.V sera lu au siège de ta rédaction.

— Ça, c'est dans mes cordes, mais je comprends toujours pas pourquoi tu n'utilises pas ton tuyau pour ton propre article. Si tu me rencardes, t'auras plus d'exclu.

Yannick pouffa.

— Franchement, tu crois que les trois bouseux qui vont lire mon article vont assurer ma carrière dans le journalisme ? Autant utiliser ce que je sais à bon escient. Mais faut me promettre que tu transmettras mon dossier. Pour le reste, j'attends pas des miracles, on verra bien. C'est juste que j'ai déjà envoyé un paquet de C.V et je n'ai jamais obtenu de réponse…

Gabriel fit mine de comprendre et lui promit d'accéder à sa requête. Le gamin serait bien déçu s'il savait que son curriculum vitae serait foutu au fond d'une poubelle à la première occasion.

— Bon, c'est quoi ton tuyau ? s'impatienta Gabriel.

— Les flics ont trouvé une inscription gravée au couteau sur le torse de la victime.

Gabriel écarquilla les yeux et ouvrit grand ses esgourdes.

— Pour ne pas troubler l'enquête, cet indice est resté ultra confidentiel, mais j'ai mes entrées à la police et puis, ici, c'est pas le 36 quai des Orfèvres.

— Que disait l'inscription ?

— « Pour Marie-Louise »

— On peut pas faire plus explicite !

— Le seul problème c'est que ça fait trois jours qu'ils travaillent d'arrache-pied sur le dossier et qu'aucune Marie-Louise n'existe dans l'entourage des Verdannet. Même à Courchevel, la seule Marie-Louise qui existait a été enterrée depuis belles lurettes et n'a jamais eu ni mari ni enfant.

— Bizarre…

— Les deux grand-mères des Verdannet s'appelaient Marie et Louise et aucune n'aurait été appelée Marie-Louise ou aurait changé de nom. En plus, elles ne se sont jamais vraiment connues puisque Louise est morte lorsque l'aîné avait à peine quatre ans.

— Le tueur a peut être voulu dire « Pour Marie, Louise »

— Ça paraît peu probable puisqu'il a bien pris le temps de marquer le tiret entre les deux prénoms.

— Tu aurais un cliché de ça ?

— Bien sûr, j'ai rendez-vous tout à l'heure avec le meurtrier, il va m'en donner plusieurs !

Les deux continuèrent à parler de l'affaire puis Yannick fit vite déraper la conversation sur Paris et la manière dont on y vit. Il avait l'air fasciné par la capitale et nul doute qu'il rêvait d'y prolonger sa carrière. Gabriel alimenta son fantasme en oubliant de lui mentionner que les loyers étaient prohibitifs, qu'une simple pinte de blonde coûtait le prix d'un steak-frites en province et que s'il avait le malheur de crécher en banlieue, il aurait plus de chance de finir avec un cancer à cause des embouteillages qu'un mineur de fond qui mangerait directement le charbon.

« Pour Marie-Louise ». Quel bordel. Le coup de la vioque qui était enterrée entre quatre planches ne lui disait rien et les deux mamies des Verdannet non plus. Le hasard est toujours un facteur qu'il faut éliminer dans une enquête. Si le type — ou la gonzesse – qui a charcuté Guillaume Verdannet avait pris la peine d'écrire « Pour Marie-Louise » au schlass sur son torse, c'est qu'il y avait bien une Marie-Louise quelque part. Elle était sûrement la clef de tout ce mystère, mais Gabriel ne pouvait pas frapper à toutes les portes ou se taper le bottin pour trouver une personne qui n'était probablement pas à Courchevel. Il aurait voulu approcher Romain Verdannet, mais celui-ci l'avait catalogué en tant que journaliste et, vu son état au cimetière, il aurait peu de chance de l'approcher de nouveau. Anaïs saurait sûrement quelque chose, mais il valait mieux la laisser mijoter un peu.

Puis Gabriel pensa à Cheryl. Aucune nouvelle de sa part, pareil de son côté. Elle se consolait peut-être avec son petit jeune. Ce petit con qu'il avait surpris en train de lui faire l'amour dans son salon. Un étudiant en fac de philo ou un truc dans le genre. Il s'était rendu compte sur l'instant à quel point il tenait à elle, mais il avait du mal à lui fournir les preuves qu'elle cherchait tant.

Alors qu'il errait dans les rues de Courchevel après son entretien avec Yannick, Gabriel sortit son portable et commença à composer les premiers chiffres de son numéro. Soudain, un bruit assourdissant de crissements de pneus lui fit lever la tête. Un van blanc à l'effigie d'une entreprise de nettoyage venait de faire un dérapage contrôlé juste sous le nez du Poulpe et ce n'est que lorsqu'il vit la porte latérale s'ouvrir violemment et trois hommes cagoulés se jeter sur lui, qu'il comprit qu'il ne parlerait pas à Cheryl tout de suite. Un poing ganté de cuir s'abattit sur sa tempe droite. Plus de son ni de lumière.

Gabriel Lecouvreur perdit connaissance avant même que son corps inanimé ne touche le plancher des vaches.

# Chapitre VII

« Loi de perversité de la nature :

On ne peut pas déterminer à l'avance quel côté de la biscotte il vaut mieux beurrer en cas de chute.

Loi de la Gravité Sélective :

Un objet tombera toujours de telle manière à faire le plus de dégâts.

Corollaire :

Les chances que la biscotte tombe sur sa face beurrée sont directement proportionnelles au prix de la moquette.

Loi de l'Atelier :

Tout outil tombant au sol roulera jusqu'à l'endroit le moins accessible de l'atelier. »

Les battements de cœur de Gabriel lui martelaient les

tempes. Un seau d'eau glacée jetée en plein visage le força à échapper un cri. Il serra les poings et se rendit alors compte que ses poignets étaient ligotés aux bras de la chaise sur laquelle il était inconfortablement assis. Il ouvrit péniblement les yeux sur un décor digne d'un film d'action, lors de la scène où le gentil se fait capturer par les méchants et que ceux-ci veulent une rançon. Deux types du genre à se battre à n'importe quelle rencontre sportive dans le PMU du coin lui faisaient face, des cagoules empêchant leur identification. L'un d'eux fit un pas en avant et s'adressa à Gabriel :

— Qu'est-ce que tu fous à Courchevel ? aboya-t-il

— Je viens remuer la merde. On dirait que je suis tombé sur un bon filon ce coup-ci.

Une claque résonna longtemps dans la pièce. Gabriel en conclut qu'il s'agissait d'une sorte d'entrepôt ou d'un petit hangar.

— Dis-nous tout ce que tu sais sur l'affaire Verdannet sans faire ton mariole et on avisera sur ton cas, relança le cagoulé.

— Je sais pas grand-chose, j'étais justement sur le point de faire une découverte fondamentale, mais vous m'avez kidnappé.

Son interlocuteur leva le bras, mais son acolyte le stoppa dans son élan. Il continua l'interrogatoire sans ponctuer ses questions par une mandale mandataire.

— C'est quoi ton blaze ? Pour qui tu bosses ?

— On m'a toujours dit de ne pas répondre aux questions venant de gonzes dont je ne peux pas voir le visage, mais pour ce qui est de mon employeur, il n'existe pas. J'agis seul.

— Ton blaze connard ? hurla-t-il.

— C'est si important ?

— Oui !

Le kidnappeur leva une nouvelle fois la main et Gabriel put sentir toute la sincérité dans la réponse du ravisseur.

Oui. Cela semblait vraiment important qu'il leur révèle sa véritable identité.

— Gabriel Lecouvreur, dit-il.

Une vague de soupirs et de soulagements se fit entendre autour de Gabriel et les deux agresseurs retirèrent leur cagoule. Ils avaient transpiré à grosses gouttes et leurs visages semblaient lessivés. Ils esquissèrent tous deux un demi-sourire et s'approchèrent de la chaise pour détacher le Poulpe.

— Putain, j'ai bien cru que t'allais jamais cracher le morceau !

Incrédule, Gabriel sembla assister à la scène sans vraiment y participer. Ses liens furent libérés et on approcha une table près de son siège. On lui demanda s'il voulait un verre d'eau. Il faillit demander une bière, mais dans le doute de la situation, il s'abstint.

De l'autre côté du hangar, quelqu'un déverrouilla une massive porte en métal et fit son entrée. Une tignasse crasseuse et rousse accompagnée d'une barbe de la même couleur. Aucun doute possible, Kenneth débarquait dans la pièce. Son fort accent irlandais rappela moult souvenirs à Gabriel.

— Désolé Octopuss, c'est notre protocole.

— De quoi ? Les tartes dans la tronche ?

— Mes gars avaient juste besoin de t'entendre dire ton nom, s'excusa-t-il.

Gabriel fit le tour de la pièce du regard en silence puis s'adressa à l'Irlandais.

— On est où ?

— C'est la seule chose que tu ne sauras pas. Tu as fait partie des nôtres, mais tu connais mon sens de la discrétion. Moins tu en sais, mieux on se porte.

— Y'a pas de lézard, je comprends. Pourquoi tu m'as amené ici ?

— C'était la seule manière pour qu'on t'explique la situation. Tu m'as téléphoné, je suis revenu vers toi.

— C'est un peu plus musclé qu'une lettre recommandée, mais ça se tient. Vas-y, balance les infos.

Un des sbires de Kenneth lui avança une chaise et le rouquin prit place en face de Gabriel.

— Il y a un mois, un de mes gars de Grenoble nous a refilé un tuyau. Il connaissait bien Courchevel et traînait souvent là bas. Un jour, on lui confie qu'il y a de l'argent facile à se faire en tapant des chalets de millionnaires. On lui aurait même dit comment faire pour entrer à l'intérieur de la propriété.

— Pas d'alarme ?

— Justement, c'est là que ça devient intéressant. Notre gars nous dit que le plan était simple, car l'alarme était coupée de temps en temps. Il pouvait se débrouiller pour savoir quand.

— C'est qui ce type ?

— Attends ! Je t'explique toute l'histoire, tu vas comprendre.

Gabriel lui fit signe de continuer.

— On attend donc des infos de ce gars et il revient vers nous en nous disant qu'on pourrait taper dans la nuit à telle date et que l'alarme serait off.

— C'est le soir où Verdannet est mort ?

— C'est ça. On était pas très sûr de la loyauté du type, son dossier d'admission était, disons – il chercha ses mots – en cours.

— Tu veux dire que tu n'étais pas sûr à cent pour cent de le prendre dans les Robbers des Bois ?

— Tu sais comment on procède. Ça prend beaucoup de temps. Rien ne nous paraissait anormal avec lui et il nous a balancé un tuyau qui paraissait plutôt good donc on s'est dit que ce serait son rite de passage.

— J'imagine que vous avez emmené le gars comme sécurité et, au pire, si l'alarme sonnait, vous l'auriez laissé derrière.

— Right !

Il rit de bon cœur et donna une tape amicale sur l'épaule de Gabriel.

— Mais, reprit-il, le plan s'est passé comme euh…

— Sur des roulettes.

— Oui, voilà. On est rentré, pas d'alarme, et tous les objets de valeurs qui avaient été cités étaient bien là. Piece of cake. Du gâteau quoi !

— Mais pas de cadavre au milieu du salon…

— Tu sais comment on marche Octopuss ! JAMAIS on irait faire de mal à quelqu'un. On tape les riches pour redonner aux pauvres, c'est tout !

Gabriel savait tout ça et il savait aussi que Kenneth dirigeait scrupuleusement sa petite entreprise. Il ne laissait rien au hasard, respectait un code d'honneur strict et vérifiait tout plusieurs fois. Jamais les Robbers n'auraient fait de mal à un être vivant.

Une histoire lui revint même à l'esprit. Lors d'un casse qui avait quelque peu mal tourné, un des gars de Kenneth s'était fait courser par un gros rottweiler qui, dans l'anxiété du moment, avait fini le crâne fracassé sous des coups de pied de biche. L'Irlandais avait vu là une infraction à son code d'honneur et avait personnellement brisé la main du type, os par os, en guise de punition. Les Robbers ne pratiquaient ni le meurtre ni la torture.

Le mouvement s'était en revanche étendu et Kenneth, surtout depuis les cinq dernières années, ne pouvait pas assister à toutes les opérations. Qu'en était-il alors de toutes ces missions qui s'étaient déroulées sans la réelle supervision du boss ? Se pouvait-il que celle-ci ait dérapé ?

— C'est pour ça qu'on t'a fait venir Gabriel. On ne peut pas aller voir les flics et le mot commence déjà à courir que c'est un cambriolage qui a mal tourné. S'ils fouillent un peu, ils vont vite retrouver notre trace ou en tout cas, nous foutre le cadavre sur le dos et c'est vraiment la dernière des choses que l'on veut ! Toi, tu sais ce qu'on vaut et qui on est, et je connais trop ton goût pour la vérité. Il faut que tu retrouves qui a fait ça pour nous laver les mains du sang qu'on a versé dessus.

Gabriel se gratta le menton et réfléchit quelques instants.

— On peut le voir où ton Grenoblois, celui qui a eu le tuyau pour le chalet de Courch' ?

— Il a disparu… Le lendemain des gros titres.

— De plus en plus étrange.

— C'est un gamin, il a dû avoir peur.

— Et j'imagine que c'était le seul à savoir qui était ce mystérieux indic, celui qui comme par enchantement connaissait les chalets de la station en détail jusqu'à même savoir quand l'alarme était branchée ou non ?

— Tu connais notre code déontologique. Un indic reste totalement anonyme, soupira-t-il.

— Si j'ai rien à me mettre sous la dent, Kenneth, ça va être difficile.

— J'ai rien de plus. Thomas était un petit nouveau à peine recruté. Lui seul connaissait son indic et à l'heure qu'il est, il pourrait très bien se la dorer au Mexique pour peu qu'on sache.

— Ou six pieds sous terre…

Les deux continuèrent à explorer quelques pistes oralement, mais toutes conduisaient à un cul-de-sac. Gabriel restait persuadé qu'il ne pouvait pas s'agir d'une coïncidence. Une des clefs du mystère consistait à savoir qui était vraiment ce Thomas et ce mystérieux indic. C'est ce dernier qui avait lancé le feu vert de l'opération et les Robbers avaient, en quelque sorte, suivi les ordres et s'étaient retrouvés avec un macchabée sur les bras. Il semblait évident que quelqu'un avait profité du cambriolage pour perpétrer un autre crime bien plus crapuleux. Sans autre élément probant, la police allait naturellement orienter ses recherches en associant les deux faits, s'éloignant malgré elle de la piste du meurtrier. Ou de la meurtrière.

Le cerveau du Poulpe fonctionnait à plein régime, mais quelque chose le chiffonnait.

— Kenneth ? Quand tu m'as dit que vous m'aviez fait venir pour résoudre ton problème. Tu voulais dire quoi par là exactement ?

— Tu te rappelles du type qui t'a glissé son journal au Pied de porc à la Sainte Scolasse ?

Gabriel écarquilla les yeux, laissant Kenneth continuer son speech.

— C'est un de nos gars. Il avait pour mission que tu ne lises absolument rien d'autre à part le Dauphiné Libéré. Pour le reste, j'avais fait le pari que les gros titres viendraient te titiller.

— Pari gagné vieux briscard ! Je suis ici à me les geler, n'est-ce pas ?

Ils éclatèrent de rire et continuèrent à parler du bon vieux temps sans évoquer une nouvelle fois l'affaire. Chacun savait éperdument ce qu'il avait à faire et aucune solution ne serait trouvée en ressassant les problèmes sans arrêt.

Au bout de quelques tours d'horloge, Gabriel fut raccompagné à sa voiture garée près de l'hôtel des Bleuets à l'arrière d'une camionnette sans vitres. Le trajet dura environ une heure et il fut parfois balloté de droite à gauche pendant celui-ci. Il ne saurait jamais où il avait été emmené et il sourit à l'idée qu'il ait pu ne pas quitter Courchevel du tout, les petits malins ayant tout simplement fait vingt fois le tour du pâté de maisons pour conserver l'illusion.

À peine s'est-il jeté sur son lit pour se relaxer un peu que son téléphone vibra dans sa poche. Il pensa à Cheryl. Il regarda le numéro qui s'affichait. Presque. Anaïs.

— Allô ?

— Je suis toute seule, j'ai envie que tu viennes, dit-elle d'une voix suave.

— Me dis pas que tu vas faire des cauchemars ?

— Figure-toi que si. La maison est si grande et je me sens si petite.

— T'es pas à ton hôtel ?

— Non, je suis chez ma mère, mais elle ne rentre pas. Elle est sûrement avec un de ses amants, dit-elle sur un ton rieur.

— Donne-moi l'adresse et je suis là dans une demi-heure.

Gabriel nota le tout sur un petit calepin et raccrocha.

La nuit était tombée sur les Alpes, le mercure indiquait une température tout juste sous la barre du zéro et des petites colonnes de fumée blanche s'élevaient des toits alentour. Il commençait à connaître la route par cœur. Après la trentaine de minutes réglementaires de trajet, il touchait presque à son but. Le chemin lui parut particulièrement familier, voire bizarrement familier. Peut-être en rêve.

Ce n'est que lorsqu'il accéda au lotissement indiqué par Anaïs qu'il se rendit compte que rien de tout ça n'était un songe et qu'une fois de plus, le canevas de toute cette affaire s'assombrissait au fur et à mesure qu'il avançait. Il reconnaissait très bien l'endroit sur le perron duquel il se trouvait désormais. C'était précisément là que l'avait mené Antonio Ghersi, après une filature au petit matin. Le métal froid de son Beretta se rappela à lui et le rassura. Il appuya sur l'interphone et sans même attendre une quelconque réponse, la porte d'entrée s'entrouvrit lentement sur un couloir sans lumière.

# Chapitre VIII

Il laissa ses yeux s'habituer à l'obscurité quelques secondes, mais rien n'y fit vraiment. Avançant d'un pas, il chercha à tâtons un interrupteur qu'il ne trouva jamais. Au fond du couloir à droite, un escalier semblait se diriger vers les pièces principales au premier étage. Il allait devoir se taper tout le trajet dans le noir et ce n'était pas pour lui plaire. Il n'eut pas d'autre de choix que de sortir son Beretta. Toute cette histoire devenait vraiment trop craignos et il avait en face de lui des personnes bien trop puissantes qui ne devaient pas souvent se laisser encombrer par un petit fureteur comme lui. Un accident était si vite arrivé, surtout sur ces routes sinueuses où les plaques de verglas fleurissaient comme des champignons après une nuit d'automne.

Le silence était pesant, l'absence de lumière un vrai problème, mais le Poulpe en avait vu d'autres et il progressait calmement vers l'escalier. Il grimpa quatorze marches – il les avait comptées – puis se retrouva devant une porte.

Son Beretta en main droite, il approcha sa main gauche de la poignée et l'ouvrit lentement. Toujours la même obscurité qui le submergeait à la différence près qu'au fond de la pièce qui s'étalait devant lui, trois grandes baies vitrées laissaient pénétrer la lumière de la lune, dessinant des ombres effrayantes, pareilles à des créatures noctambules.

Tout à coup, une main lui saisit la nuque et il fut plaqué contre le mur immédiatement à sa gauche. Il était sur le point d'appuyer sur la détente, mais laissa son flingue tomber dès qu'il sentit le parfum enivrant d'Anaïs. Il la laissa l'embrasser langoureusement. Le baiser fut long et intense.

Dans l'euphorie de la situation, il laissa parcourir ses mains sur le corps de la jeune femme, sous sa nuisette en satin. Elle le plaqua plus fort contre le mur et il sentit ses seins fermes à travers son t-shirt. Il avait tant désiré Anaïs qu'il se laissa diriger béatement, dans l'extase d'un fantasme qui se concrétise. Il pensait à ceux qui clament que les fantasmes doivent demeurer inexaucés et à combien ils se trompaient. Au fond de la pièce, les ombres esquissées par la lune n'étaient plus malfaisantes, mais les spectatrices d'un show sensuel et érotique. Il se sentait lui-même spectateur de ce qui lui arrivait et il en aimait la sensation. Alors qu'Anaïs embrassait déjà son ventre, se glissant toujours plus bas, il leva les yeux en l'air et ébaucha un sourire que personne ne vit.

Étendus sur l'épaisse moquette du salon, leurs corps en sueur formaient deux ombres nues et silencieuses. Anaïs brisa le silence en attrapant un paquet de cigarettes et un briquet sur une table basse non loin d'elle. Elle se rallongea. Le silence fut de nouveau brisé par Gabriel cette fois-ci.

— Tu m'as demandé de travailler mes répliques, mais sur ce coup, j'ai pas pu en placer une.

— Tu ne t'es pas mal démerdé, dit-elle en recrachant la fumée.

— T'es plus détendue maintenant ? Moi, oui.

— Si tu veux recommencer ton interrogatoire et que ça te fait plaisir, vas-y, qu'on en finisse.

— Si ça peut te rassurer, je suis en premier lieu venu pour toi.

— Je suis rassurée ! ironisa-t-elle.

— Disons que j'avais vraiment envie de toi et que c'est devenu une priorité. Je…

— Tu t'enfonces Gabriel, coupa-t-elle. Détends-toi, on vient de baiser, c'était bien, tu n'as plus rien à craindre et je te dis que tu peux me poser tes questions.

Faire l'amour avec lui lui avait ouvert les portes de son âme et elle avait trouvé en Gabriel un homme sincère, complexe et solitaire. Mais avant tout, son enquête – même si elle en ignorait le but – lui paraissait noble.

— Il y a plusieurs choses qui me chagrinent. La première c'est que je n'arrive pas à me faire un portrait des frères Verdannet, tes oncles.

Elle marqua une pause avant de répondre.

— Je vais être franche avec toi, je les ai toujours détestés. Ils sont puants, pas un pour rattraper l'autre. Ils sont exactement comme les clichés et les rumeurs qui leur collent à la peau.

— Tu n'as pas l'air de les haïr tant que ça ta coupe de champagne à la main au milieu de ta suite des Bleuets…

— Je suis loin de tout ça, je te l'ai déjà dit. Je suis revenue par obligation et par respect envers ma mère. Je n'ai pas envie de créer plus de scandales dans ma famille qu'il n'y en a déjà. Et pour ce qui est de vivre dans le luxe, que veux-tu que je te dise ? Je ne vais pas dormir sur le trottoir par pur esprit contestataire ! Je ne déteste pas non plus le goût du champagne.

— Tu marques un point. Que tu l'aimes ou pas, ton oncle s'est fait torturer et assassiner et même si c'est le pire des pourris, on ne peut pas laisser la police tirer de mauvaises conclusions.

— Je ne te comprends vraiment pas. Qu'est-ce que ça peut te foutre si mon oncle est mort pendant ce cambriolage ou si c'est quelqu'un d'autre qui l'a descendu ?

— Pour moi, c'est totalement différent… J'ai bien peur de ne jamais connaître la vérité quand tout le monde me parle à demi-mot.

— Si tu veux tout savoir, je suis presque heureuse que Guillaume soit mort. Je pense qu'il a dû aller trop loin, que quelqu'un n'a pas supporté et c'est bien fait pour lui. À se croire au-dessus de tout le monde, on finit tout en dessous.

Gabriel eut un flash.

Anaïs ? En tueuse de sang-froid ? La conversation qu'il venait juste d'avoir lui en donnait toutes les apparences. Il ne fallait pas l'exclure de la liste des suspects, mais il restait difficile à croire qu'elle ait pu faire une chose pareille. Il y a une énorme différence entre souhaiter la mort de quelqu'un et aller la provoquer soi-même.

Anaïs se leva et annonça à Gabriel qu'elle allait prendre une douche et qu'il ne l'avait pas encore assez énervée pour qu'elle refuse qu'il se joigne à elle.

Alors qu'elle disparaissait dans un halo de lumière au fond d'un couloir, le Poulpe récupéra ses quelques affaires éparpillées dans la bataille et se décida à quitter les lieux discrètement.

Le crépitement des cailloux sur le parking lui indiqua qu'une voiture se garait à l'instant. Il n'oublia pas que le dernier endroit où il vit Antonio Ghersi fut cette même maison. Se retrouver complètement débraillé nez à nez avec le rital n'était pas dans ses plans les plus immédiats.

Son instinct avait vu juste. Il pouvait déjà entendre quelqu'un monter les escaliers par petites foulées.

Le salon s'illumina tout à coup de pleins feux et il se trouva face à une quadragénaire qui sursauta à la vue de

Gabriel.

— Vous m'avez fait peur !

— Je… Je suis un ami d'Anaïs, balbutia-t-il.

— Vous m'avez l'air un peu vieux pour fréquenter ma fille, mais je ne vais pas m'étaler.

— Elle prend une douche, j'allais partir.

— Mais restez donc si vous voulez. Vous n'êtes pas obligé de partir comme un voleur.

Elle jeta son sac sur le grand canapé et se dirigea vers une cuisine ouverte à l'américaine.

— Je me fais un café, vous en voulez un ?

— C'est gentil, mais je vais vraiment y aller. Vous êtes Éva, c'est ça ?

— Oui, Anaïs vous a parlé de moi ? En bien j'espère, sourit-elle de ses belles dents blanches.

— Rassurez-vous, vous êtes bien la seule personne dont elle dit du bien, rétorqua-t-il.

— Je ne sais pas trop où vous voulez en venir, mais soit.

— Vous me trouvez un peu vieux pour fréquenter votre fille, mais vous l'avez déjà vu avec des hommes plus âgés, n'est-ce pas ?

Éva démarra la machine à café qui fit un bruit de minuscule marteau-piqueur et dégagea une bonne odeur de torréfaction.

— On ne se connaît pas, monsieur, je préférerais éviter ce genre de sujets en l'absence de la principale intéressée. Son ton s'était durci.

— À ma place, dans ce salon, vous pensez que vous auriez pu y voir quelqu'un comme Antonio Ghersi par exemple ?

Elle se figea l'espace de quelques secondes et, sentant que cela put être remarqué, continua la confection de son expresso avant de se retourner vers Gabriel, le foudroyant du regard.

— Vous ne deviez pas y aller ?

Gabriel n'obtint pas de réponse à sa question et n'en donna pas plus à celle d'Éva. Il préféra filer en silence.

Qu'était venu foutre Ghersi chez Eva Verdannet ?

Est-ce qu'Anaïs flirtait avec lui ?

Elle avait de toute évidence une attirance pour les hommes plus âgés et peut être que la haine viscérale que tous deux partageaient pour les Verdannet les avait quelque part rapprochés ?

Cette satanée route de nuit jusqu'à La Tania lui clarifierait peut-être les idées.

Quand aurait-il les couilles d'appeler Cheryl ? Une bonne nuit de sommeil lui remettrait les idées en place. Le matin suivant, il irait prendre des tartines chez la commère du rade d'à côté et peut être qu'avec un peu de chance elle lui livrerait toutes les clefs de l'histoire sur un plateau avec sa délicieuse confiture de groseilles maison et son miel des alpages.

Les routes bordées de sapins défilaient sous les yeux injectés de sang de Gabriel. Il se rendit compte qu'il serrait les dents et qu'il agrippait fermement le volant. Il fut soudain pris de doutes. Pourquoi n'était-il pas tranquillement dans les bras de Cheryl et sa chambre rose plutôt que de se geler les raisins à Courchevel pour élucider le meurtre d'un pacha qui avait sûrement eu ce qu'il méritait ? Dieu sait quelles magouilles lui et son frère avaient perpétrées depuis toutes ces années, faisant ainsi honneur à une tradition familiale. Et quid de cette petite peste d'Anaïs qui n'avait eu de cesse de le faire craquer avec son petit cul ferme et sa gueule d'ange ?

Pas mal son alibi de « je débarque à peine du train pour l'enterrement de mon oncle que je déteste ». Elle aurait très bien pu venir incognito à Courch', dessouder Guillaume Verdannet et revenir à Lyon faire ses petites études de bourgeoise. Ou payer quelqu'un pour le faire en attendant sagement sur les bancs de la fac. Et ce Ghersi, rival parmi les rivaux, qui vient après la fermeture de sa boîte rendre une visite de courtoisie au domicile d'Éva. Non. Le Poulpe secoua la tête et tenta de se reprendre. Il ne pouvait pas rentrer à Paris alors qu'il était les deux pieds dans le plat. La vérité devait éclater à tout prix et il lui semblait qu'il était le seul à vouloir que l'enquête soit résolue. Les flics étaient bien trop contents de pouvoir mettre ça sur le dos des cambrioleurs. Pour peu qu'ils en chopent un, un peu moins malins que les autres, ils pourraient obtenir des aveux après deux ou trois coups de bottin bien sentis et revenir à leur petit train-train quotidien et leur Pastis de 15 h 30. Terminé bonsoir, affaire suivante. La famille Verdannet pleurait son enfant bien aimé alors que certains comme Anaïs, versaient des larmes de crocodile. Il fallait appliquer le vieil adage : à qui profite le crime ? Qui aurait intérêt à voir les Robbers des Bois inculpés pour vol, torture et homicide ? Marie-Louise ? Impossible. Le meurtrier aurait tué le frère Verdannet « pour Marie-Louise » ? Et si ce vieux Kenneth ne lui disait pas tout et que pour une fois, ses intérêts étaient passés avant ceux de ses camarades sans le sou ? Pourquoi aurait-il poussé le vice d'aller chercher le Poulpe jusque dans sa tanière parisienne, dans l'espoir unique qu'il les disculpe grâce à son flaire et à ses méthodes d'investigation ?

Gabriel détestait ce sentiment d'être utilisé comme un pion, comme une marionnette dont les ficelles étaient tirées par des personnes inconnues. Il lui fallait reprendre le dessus sur cette enquête et dicter à tous ses règles du jeu.

Après une bonne nuit à roupiller, il aviserait. Cette fois-ci, pas de réveil, Gabriel allait laisser son horloge biologique décider.

Vers 10 h 30, le Poulpe ouvrit un œil. Puis l'autre. Vide, son estomac lui envoyait des signaux sonores et il se débarbouilla rapidement dans la salle de bain avec un seul but en tête : les tartines de la taulière du bout de la rue.

Arrivé à bon port, il tailla le bout de gras avec elle et cette fois-ci, une petite info glissa. Il semblerait qu'il soit arrivé un petit pépin à la petite Anaïs et que la famille ait tout essayé pour ne pas ébruiter l'affaire.

— Quel genre de pépin ? lança Gabriel.

— Je sais pas trop. Toujours est-il qu'elle devait aller à l'hôpital, mais les Verdannet ont fait des pieds et des mains pour qu'elle soit soignée à la maison par le médecin de famille.

— On sait ce qui lui est arrivé ?

— Absolument pas. On a dit tout et n'importe quoi sur cet incident.

— C'était quand ?

Elle gratta son chignon.

— Oh, il y a deux ou trois ans, je pense. Vers la période de Noël, si je me rappelle bien, dit-elle en essuyant la table avec un chiffon semi-crasseux.

— Et ce médecin de famille, c'est un gars du coin ?

— Ah oui ! C'est le docteur Laplace. Michel de son prénom. Vous savez, ici, les médecins y'en a pas beaucoup et quand on est d'ici, ils nous ont forcément soignés au moins une fois.

La conversation dériva une nouvelle fois sur le temps, les touristes et les jeunes qui n'étaient plus comme ceux d'il y a vingt ans. Une nouvelle patte d'oie s'était formée sur la route de la vérité : un « petit incident » avec Anaïs, tiens donc. Gabriel admit qu'il pouvait s'agir d'un événement totalement hors sujet, mais quelque chose lui disait qu'avec les Verdannet, tout était suspect. Il regarda sa montre et décida que 11 h était l'heure parfaite pour aller consulter. Il s'acquitta de son dû, salua chaleureusement la patronne et sortit du troquet en direction de sa voiture.

Quelque chose l'interpela.

Au fur et à mesure qu'il s'avançait, il pouvait distinguer sur le pare-brise, coincé entre le verre et l'essuie-glace, une sorte d'enveloppe.

Arrivé au niveau de son véhicule, plus aucun doute, une enveloppe de papier blanc au format A5 trônait là, au milieu du pare-brise. Il scruta machinalement les alentours pour tenter d'identifier un quelconque responsable, mais pas une âme ne bougeait dans la rue. Il jeta son regard de part et d'autre pour vérifier si les autres voitures étaient elles aussi affublées d'un tel atour. Rien de ce côté non plus. On aurait pu croire à une publicité quelconque, mais lorsqu'il ouvrit l'enveloppe et en extirpa son contenu, il comprit une nouvelle fois que quelqu'un tirait les ficelles et le menait par le bout du tarin.

Une photo granuleuse montrait de toute évidence Romain Verdannet affairé devant un distributeur de billets, en pleine nuit. En bas à gauche du cliché étaient indiquées la date et l'heure de la prise de vue. La nuit du crime. Au verso, étaient écrits quelques mots que le Poulpe aurait besoin d'analyser, plus tard, en profondeur : « Mais que fait le frère Verdannet en cette si belle nuit ? »

# Chapitre IX

Assis au volant de sa voiture toujours garée, Gabriel, les yeux dans le vide, tenait devant lui la photo qu'on lui avait transmise anonymement. Il cherchait désespérément une explication, mais rien de bien concret ne venait. La question principale était surtout de savoir ce que cherchait le mystérieux expéditeur. De toute évidence, il voulait pointer du doigt le frère du défunt dans ses agissements pendant la nuit du meurtre. Si ce paparazzi improvisé suivait à la trace Romain Verdannet, alors lui eut-il été très facile de l'incriminer directement avec un cliché bien plus probant. Gabriel ne voulait pas se hâter trop vite en conclusions, mais voulait bien croire que Romain n'avait pas tué son frère. Alors que faisait-il cette nuit-là ? Pourquoi retirait-il de l'argent ? Comme tout le monde, pensa le Poulpe, pour faire ses courses ! Ce n'est certainement pas un crime que de retirer deux ou trois talbins après que les enfants soient couchés.

Après sa discussion avec la commère du bar, son plan était établi : rendre une petite visite au Dr Laplace en simulant une otite — ou des champlards sur le dard s'il se sentait l'âme poète —, mais avec cette photo qui semblait n'avoir aucun sens, il ne savait plus où donner de la caboche. Courchevel, ce microcosme alimenté par l'or blanc était bien trop fermé pour un Poulpe en mal de vérité. Habituellement, ses différentes identités lui permettaient de se faufiler entre les gouttes et de taper en plein dans le mille à tous les coups. Ici, personne ne répondait à ses questions et les protagonistes étaient des fantômes vivant la nuit. Rien ne filait droit : la gamine avec qui il fricotait, et qui pouvait l'envoyer au violon pour un bout de temps, n'était dupe de rien et lui-même se faisait carrément démolir le portrait par des potes pour une histoire de protocole. Ça ne tournait pas rond au royaume des roues. Le seul allié précieux qu'il ait eu durant ce temps était ce petit journaliste à qui il mentait éhontément en lui faisant croire qu'il pourrait obtenir un poste à Paname dans un canard qu'il lisait tous les matins. La clef – en tout cas l'une d'elles – était peut-être là, chez Yannick. Ce brave Yannick et ses potes flics. Où était-il déjà ? Annecy ? Aix-les-Bains ? Le Poulpe, en fervent supporter de son habitat naturel, s'était figuré une ville avec un lac comme moyen mnémotechnique. Peu importait au final puisqu'il n'avait pas l'intention de s'y rendre, mais plutôt d'utiliser les moyens modernes pour contacter sa seule source d'indices. Il fallait qu'il lui parle de la photo…

Une idée complètement loufoque lui sauta à l'esprit. Se pouvait-il que ce petit morveux ait vu clair dans son jeu et ait décidé de se jouer de lui ? Cette gravure au couteau, « pour Marie-Louise », n'était-ce pas un peu bizarre qu'il la lui livre aussi facilement ? Et si c'était totalement faux ? Et si on l'emmenait délibérément vers une mauvaise direction dans un jeu de piste un peu macabre ?

Gabriel jeta la photo à travers l'habitacle et frappa le volant des deux poings. Hercule Poirot se serait assis dans un fauteuil au beau milieu d'un living room de cottage anglais, pensa-t-il, et Sherlock Holmes n'aurait analysé strictement que les faits tangibles. Qu'allait faire le Poulpe ? Partir à la pêche à l'aide de ses tentacules en laissant faire le destin ? Non. Il fallait qu'il ne lâche rien et qu'il continue dans sa lancée. Direction : le cabinet du Docteur Laplace.

Gabriel conduisit comme un ambulancier jusqu'au centre de la station, là où l'office du tourisme pourrait lui être utile. Rien de moins touristique comme renseignement qu'une adresse de médecin, mais au moins, il l'avait obtenue. En quelques minutes, notre enquêteur des Alpes se trouva assis dans une salle d'attente qui sentait comme toutes les salles d'attente de France et de Navarre.

Il n'eut pas à attendre bien longtemps que madame LaVieille, de Corps-sur-Canne, finisse son petit speech d'adieu au docteur, pour être invité à son tour à se diriger dans le cabinet. Un énergumène assez âgé, bedonnant et binoclard, néanmoins affable accueillit Gabriel d'un sourire qui avait dû lui coûter bien plus que le plafond de remboursement de la sécu.

— Asseyez-vous, je vous en prie. Vous êtes en vacances ou vous habitez ici ? débuta Laplace sans attendre.

— Je suis de passage.

— Bien. Ma secrétaire vous fera un dossier médical après la consultation dans ce cas. Qu'est-ce qui vous amène ?

— C'est un peu particulier…

— Je suis médecin, j'en ai vu de toutes sortes, sourit-il.

— J'aurais voulu que vous me parliez d'Anaïs Verdannet.

Un long silence emplit la salle. Le docteur fixa Gabriel sans broncher pendant de longues secondes. Le Poulpe ne flancha pas et soutint le regard noir de l'homme en blouse blanche.

— Si vous êtes de la police, vous pouvez simplement me le dire et me montrer de quoi me rassurer. Dans tous les cas, vous n'êtes pas sans savoir que le secret médical existe et qu'il est hors de…

Gabriel le coupa, se laissant envahir par la colère.

— En fait ton serment d'Hippocrate, ça m'en touche une sans faire bouger l'autre ! Flic ou pas flic, tu va devoir te mettre à table et commencer à me parler d'Anaïs.

Le docteur se leva et pointa un doigt en direction de la porte.

— Sortez sans faire d'esclandre s'il vous plait.

Gabriel se leva à son tour et se pencha au-dessus du bureau d'un air menaçant.

— Écoute-moi bien Doc, si tu veux pas te retrouver à aller consulter un de tes collègues urgentistes, je te recommande de te rasseoir et de me cracher ce que j'ai besoin de savoir. Je suis ni de la police ni de l'ordre des médecins et mon pote italien ici présent non plus.

Il posa lourdement son Beretta sur le sous-main. Dans la seconde qui suivit, il se détesta pour ce geste immature qui ne lui ressemblait pas, mais le résultat était là. Laplace balbutia quelque chose et s'effondra sur son siège en tremblant. Gabriel tenta de détendre un peu l'atmosphère.

— Allez Doc, je suis comme toi, moi, je veux juste faire le bon diagnostic pour pas me planter ; prescrire le bon traitement pour trouver la vérité. C'était quoi ce petit incident qu'il y a eu avec Anaïs Verdannet, deux ou trois ans en arrière ?

— Je ne vois pas en quoi cette information pourrait vous être utile…

— Hey, Papy, c'est moi qui pose les questions et qui décide si c'est bon ou pas. Je te fais pas chier avec ton vaccin contre les oreillons qui engraisse le labo qui t'envoie au Maroc te faire dorer la pilule, alors me fais pas chier avec le pourquoi du comment de mes questions. Réponds c'est tout.

— Le seul incident auquel je pourrais penser c'est lorsqu'elle est tombée enceinte…

— Une jeune femme qui tombe enceinte, c'est peut-être un « incident » pour elle, mais en quoi la famille serait-elle concernée ?

— C'est-à-dire que, naturellement, l'enfant n'était pas désiré.

Le Dr Laplace ôta ses lunettes et les essuya à l'aide de sa blouse puis reprit :

— Et il a fallu pratiquer un avortement…

— Et la famille ne voulant pas que ça s'ébruite vous a forcé à le faire en toute discrétion ici, au lieu de l'envoyer à l'hôpital ?

— C'est-à-dire que je suis un très vieil ami de la famille…

— Je vois.

Ce sont les seuls mots que prononça Gabriel pour clore la discussion. Il en avait assez entendu et l'image de cette famille Verdannet se ternissait de plus en plus dans son esprit. Il récupéra son Beretta et s'éclipsa sans demander son reste. Comme si elle avait pu lire sur la mine sombre de Gabriel, la secrétaire médicale n'essaya même pas de le retenir pour lui faire remplir son satané formulaire. Il ne reviendrait de toute façon jamais se faire soigner dans cet endroit qui puait le mensonge et la cupidité.

Le Poulpe avait besoin de se dégourdir les tentacules et de respirer le bon air pur de ces monts encore enneigés. Emmitouflé dans sa grosse veste, il marcha le long de la route sinueuse, passant chalets rustiques et baraques ultramodernes. Le vent qui se levait lui rafraîchit les idées et il se dit qu'au fond, cette histoire d'IVG n'avait en l'état aucun rapport avec la mort de Guillaume Verdannet. Les frasques de cette petite allumeuse avaient été étouffées et il regrettait d'avoir dû sortir son feu pour savoir ça. Il ne fallait pas jeter l'information aux oubliettes, mais elle embrouillait son esprit plutôt qu'autre chose. Ce qu'il voulait vraiment, c'était obtenir de quoi se mettre sous la molaire, du concret bon sang !

Il nageait dans l'à peu près depuis le départ et commençait à se demander si cela en valait la chandelle de tenter de discriminer ses frelus, les Robbers des Bois. Après tout, eux aussi étaient plus ou moins faits dans le même moule, c'était des voleurs qui redistribuaient certes leur magot, mais qui ne devaient pas se gêner pour s'en mettre un peu dans les fouilles quand même. C'est bien connu, quand il s'agit de partager l'argent des riches, les communistes fleurissent comme les résistants en 45, mais quand ça touche à leur propre pécule, là, y'a plus de Marx qui tienne et c'est chacun pour sa pomme !

Il n'avait pas vraiment le choix en fin de compte, il lui fallait prendre les histoires du petit journaleux pour argent comptant et espérer qu'il en aurait encore sous le coude.

Gabriel fit demi — tour et profita du trajet retour pour appeler Yannick.

Après trois sonneries, le jeune homme répondit :

— Allô ?

— Yannick ? C'est de nouveau Christophe. Comment vas-tu ?

— Pas trop mal. Il fait un temps magnifique et je suis off quelques jours.

— Très bien, très bien. Dis-moi, avec ton collègue dans la police là, tu as pu jeter un œil sur certaines dépositions concernant le meurtre ?

— Euh, non, pas vraiment, mais j'ai beaucoup discuté de l'affaire avec lui donc demande toujours.

— C'est au sujet de l'alibi de Romain Verdannet. Ou en tout cas de son emploi du temps le soir du crime.

— J'ai pris pas mal de notes, mais alors là, facile ! J'en ai même pas besoin, je peux te dire directement que toute la famille a un alibi. Dans le cas de Romain, il a passé la soirée avec sa femme et sa fille, tout est clean de ce côté. Pourquoi, t'as du nouveau ?

— Peut être oui… Je suis sur lui justement. Je suis pas sûr de ses allées et venues, mais n'étant pas de la police, je peux pas vraiment aller l'interroger.

— Et puis de toute façon, il déteste les journalistes et n'a jamais adressé la parole à un de nos confrères de sa vie. Qu'est-ce qui te ferait dire qu'il est suspect ?

— Je ne sais pas si suspect est le mot, mais ce qui est sûr, c'est qu'il a peut être menti sur ses agissements de la nuit du meurtre et j'aimerais savoir pourquoi.

— Quels sont tes arguments ?

— J'ai reçu une photo envoyée anonymement. On y voit Romain Verdannet, c'est daté du fameux soir, et une phrase l'accompagnant m'invite à m'interroger sur le déroulement de sa nuit.

— Bizarre… Il fait quoi Verdannet sur la photo ? Il est où ? s'excita Yannick dont l'instinct de journaliste reprenait le dessus.

— On voit pas bien, on dirait qu'il retire de l'argent à un distributeur…

— Ah ouais ? fit-il perplexe.

On aurait pu entendre les cellules grises du journaliste s'enclencher et se mettre en rotation comme des engrenages dans ce silence qui dura quelques instants.

— Je ne vais pas t'apprendre ton métier, cher collègue, mais si j'étais toi, j'essayerais d'identifier le distributeur de billets, c'est pas ce qui court les rues en station en général.

— Et après ?

— Et après, mon vieux Christophe, tu te démerdes ! Ha ha !

Gabriel commençait seulement à comprendre pourquoi Yannick lui avait dit ça. Il le remercia et raccrocha.

Il allait devoir visiter une seconde fois l'office du tourisme pour leur demander une liste de tous les automates à billets de la station. Cela irait très bien avec son histoire de consultation chez le Dr Laplace. Après tout, les médecins ne se payent pas à coup de menaces au Beretta.

Comme l'avait si bien dit Yannick, les distributeurs de billets ne courraient effectivement pas les rues par ici, dans un endroit où le cash avait pourtant une place prépondérante. Deux en tout et pour tout sur Courchevel, un sur 1850 et l'autre à 1550. Un troisième se situait à une vingtaine de minutes de là en voiture, à Saint-Bon-Tarentaise. Gabriel avait la ferme intention de tous se les taper. C'était une des seules pistes tangibles qu'il lui restait, il se devait de l'exploiter jusqu'au bout.

Après avoir fait le plein, il s'était directement rendu au distributeur le plus loin. Il leva la photo à hauteur de regard, bras tendu : pas de correspondance. À Courchevel 1550, il n'eut pas plus de résultat et chez les riches, à 1850, la même déception. Déception uniquement lorsqu'à chaque fois, il pensait pouvoir faire correspondre la photo avec le décor devant lui, un peu comme quand on pense avoir trouvé un mot de passe, qu'on le tente et que celui-ci ne fonctionne pas. Dans ce cas de figure précis, le fait que le distributeur de billets sur la photo ne correspondait à aucun des trois qui existaient sur Courchevel en révélait beaucoup plus qu'il n'y paraissait. Cela signifiait que, si on en croyait la date et l'heure inscrites sur la photo de Romain Verdannet, il n'était pas sur Courchevel le soir où son frère a passé l'arme à gauche et qu'il avait alors menti dans sa déposition. Ça lui procurait pourtant un alibi en béton puisqu'il n'était pas sur la station lors des faits. Quel intérêt a-t-il eu de changer sa version et de faire mentir sa femme pour qu'elle corrobore ses propos ?

Il n'eut pas le temps de se perdre dans des raisonnements

alambiqués, que son téléphone vibrait déjà dans la poche de sa veste. C'était Anaïs.

Vu la façon dont il s'était éclipsé la dernière fois, il craignait que sa petite beauté venue du froid ne lui annonce que des mauvaises nouvelles.

— Allô ?

— Hello monsieur, dit-elle d'une voix joviale.

— Tu m'as l'air d'être de bonne humeur. J'ai raté un épisode ou quoi ?

— Pourquoi tu dis ça ? Parce que tu t'es barré comme un voleur juste après qu'on ait fait l'amour ?

La voilà enfin la pointe de sarcasme, il avait bien cru qu'il devenait fou, mais bizarrement, ce n'était qu'une petite pique, le reste continua dans le registre de la légèreté et de la joie.

— Je sais, c'était pas très correct de ma part, mais…

— T'en fais pas, le coupa-t-elle, j'ai bien compris que ma mère était rentrée pendant que je prenais ma douche. C'est plutôt moi qui voulais te présenter mes excuses, je ne voulais pas te mettre dans l'embarras, elle était censée rentrer beaucoup plus tard.

— J'ai survécu.

— Du coup, je me demandais si tu voulais revenir ce soir, je crois que j'ai bien aimé tout ça.

— Tu sais que j'ai très envie de venir te rejoindre ?

— Pour me faire l'amour ou pour m'interroger ?

— On peut faire les deux ?

— Commence par me faire l'amour et pour la suite on verra. Je t'ai acheté des bières. Des Bombardos.

— Jamais entendu parler !

— C'est local, une brasserie d'Annecy, des potes à moi.

— Franchement avec toutes ces raisons de venir te voir, je ne sais pas laquelle m'attire le plus.

— Dépêche-toi avant que je ne change d'avis.

Une demi-heure plus tard, Gabriel déambulait dans le hall d'entrée des Bleuets, un sourire peu habituel scotché sur son visage. Elle lui avait dit de la rejoindre à l'hôtel plutôt que chez sa mère, ils seraient certains d'être tranquilles cette fois-ci. Avant d'arriver devant la porte de la suite, il sortit la photo de sa poche, en déchira minutieusement le tiers de façon à ce qu'on ne voie plus Romain Verdannet, mais bien le distributeur et le peu de décor alentour restant encore à identifier.

Quand Anaïs lui ouvrit, la situation ne pouvait pas être plus explicite, seul un boyscout élevé par des curetons en territoire amish n'aurait pas compris ce qui était attendu de Gabriel. Celui-ci s'exécuta avec plaisir. Il décida de prendre les devants cette fois-ci, mais se ravisa au bout de quelques instants, car la jeune femme était encore plus désirable dans son rôle dominant. Si quelque chose comme les Oscars du sexe existait, Anaïs aurait eu celui du meilleur premier rôle. Cheryl, quant à elle, aurait eu un Oscar d'honneur pour l'ensemble de sa carrière. Pour l'heure, le deuxième long métrage d'Anaïs commençait son tournage et les acteurs étaient prêts. Sa fonction de réalisatrice lui allait comme un gant.

Après le clap de fin, elle alluma sa traditionnelle cigarette et lui, reprit son interrogatoire habituel.

— Tu m'as bien dit qu'on pouvait continuer les questions ?

— J'aime ta détermination. Je pense que tu devrais utiliser ton temps à meilleur escient, mais je sais aussi que ça t'éloignerait forcément de moi, je te laisse donc poursuivre…

— C'est la partie ludique de l'interrogatoire, si tu trouves où c'est, t'as gagné ! dit-il en présentant la photo à Anaïs.

— Fais voir.

Elle s'empara du cliché puis sourit.

— T'aurais pu tomber sur mille autres personnes,

mais t'es tombé sur moi, dit-elle en souriant.

— Et alors ?

— Et alors je suis en mesure de te dire exactement où se situe l'endroit où la photo a été prise.

# Chapitre X

Gabriel, pendu aux lèvres d'Anaïs, releva le buste et s'adossa contre la tête de lit. Elle fit durer le suspens, tira une longue bouffée sur sa cigarette puis souffla la fumée lentement avant de commencer à parler.

— Je vois exactement où c'est.

— Je t'écoute, fit-il impatient.

— C'est à Chambéry ! Je reconnais le magasin juste à côté du distributeur, ils vendent des fournitures de dessin et de peinture.

— Tu pourrais me citer le lieu de tous les distributeurs de billets de France ?

Elle rit à gorge déployée.

— Mais non ! C'est parce que j'ai fait un an de Beaux Arts à Chambé et c'est là où je passais la plupart de mon temps. Je retirais de l'argent là bien souvent et je le dépensais dans le magasin d'à côté. Je crois que je préférais acheter des fournitures plutôt que de peindre, c'est sûrement pour ça que j'ai vite arrêté.

— Tu habitais toute seule là bas ?

— Oui, je voulais faire les Beaux Arts d'Annecy, mais ma famille a un appartement à Chambéry, c'est donc le patrimoine qui a décidé pour moi.

— Je vois…

— Et il est à qui ce bras ?

— À moi, je suis en train de te toucher la cuisse, tu sens pas ?

— Prends-moi pour une conne ! Je te parle du bras sur la photo… Que tu as dû déchirer.

— Si tu veux tout savoir, je l'ai reçue comme ça, anonymement.

— Tu l'as reçue où ? demanda-t-elle.

— Elle est était dans une enveloppe, sur mon pare-brise.

— Oh, oh, fit-elle, quelqu'un te traque !

— Justement, je commence à m'inquiéter. Tu as vu ce qui est arrivé à ton oncle ? J'aimerais pas finir pareil.

— Alors, arrête ton enquête et reste ici avec moi. Ça va te rapporter quoi de trouver le coupable ? T'es un détective privé c'est ça ? Comme dans les films ?

— Merci de tes renseignements qui m'ont été par ailleurs très précieux, mais j'ai besoin de prendre l'air.

Anaïs se ralluma une cigarette.

— Tu m'abandonnes déjà ?

— Je réfléchis mieux dans ma voiture. Je vais faire un tour et peut-être que je repasserais. Si ça ne te dérange pas.

En guise de réponse, elle donna une clef de la chambre à Gabriel.

Il se rhabilla et alla retrouver sa meilleure alliée dans toute cette aventure : sa voiture de location.

C'est vrai qu'il réfléchissait mieux là dedans, dans cet espace confiné et chaleureux. Il posa la photo déchirée sur le siège passager et la contempla. Romain avait le meilleur des alibis pour cette nuit sanglante où un être cher à lui s'est éteint dans d'atroces souffrances. Il était à une heure et demie de là avec une preuve irréfutable : un retrait avec sa carte bancaire. Pourquoi était-il allé jusqu'à risquer une condamnation pour fausse déposition ? Que cachait-il ? Était-il en train de retirer l'argent qui avait servi à commanditer le meurtre de son propre frère ? Absurde ! Personne n'aurait laissé de traces dans une telle affaire ! C'est comme si on allait braquer une banque pour se pavaner avec des talbins de cinq cents au troquet du coin dès le lendemain. Lui a-t-on extorqué de l'argent ? Une sorte de rançon avant de libérer son frère ? Une rançon qu'on peut retirer au distributeur paraissait un peu fantasque. Non, il devait y avoir autre chose, mais il fallait qu'il creuse encore et toujours. Le temps s'étirait, Paris était loin et Cheryl devait être morte d'inquiétude. Dans le crâne du Poulpe, il n'y avait pourtant de la place que pour Courchevel et le secret qu'elle cachait. Bien évidemment, Anaïs faisait partie de ce sombre tableau et, au fur et à mesure qu'il avançait dans son investigation, il se rendait compte que beaucoup d'éléments gravitaient autour d'elle et que par conséquent, il jouait un jeu de plus en plus dangereux avec elle.

Gabriel regarda sa montre. Environ 2 h du matin. Il se sentait l'âme aventureuse et aurait bien filé de nouveau Ghersi, après la fermeture de son club. Il piqua un petit somme en prenant soin de laisser le contact cette fois-ci.

5 h 38. Son instinct ne l'avait pas lâché, Antonio quittait les Caves pour l'intérieur cuir de son gros véhicule. Gabriel aurait bien aimé un peu de changement histoire de briser la monotonie du moment, mais il n'en eut pas le droit. Ghersi reprit exactement la même route que quelques jours auparavant. Il allait chez Éva. Cette conclusion rapide enleva un énorme poids sur la conscience du Poulpe ; s'il allait voir Éva, c'est qu'il n'allait donc pas voir Anaïs. Aussi simple que cela ait pu paraître, il en était grandement soulagé.

Arrivé proche de la destination, Gabriel laissa filer Ghersi devant et se gara sur le bas côté, là où le point de vue était idéal. Malgré l'épaisse nuit qui recouvrait la station, on pouvait voir ce qu'il se tramait devant la maison d'Éva grâce à deux lampadaires.

Contre toute attente, Ghersi n'entra pas à l'intérieur, mais s'approcha de la boîte aux lettres, y glissa une enveloppe puis fit demi-tour vers son 4x4. Alors qu'il redémarrait, Gabriel se camoufla tant bien que mal dans son véhicule en attendant qu'il lui passe devant.

Deux options s'offraient désormais à lui : le suivre, ou tenter d'aller récupérer l'enveloppe dans la boîte. La première solution lui paraissait stupide, il allait sûrement se retrouver derrière Ghersi dans une propriété de luxe inviolable avec probablement quelques sbires qui ne se priveraient pas de lui barrer la route à coup de mandales. Il perdrait son temps et probablement quelques dents. La deuxième, en revanche, lui paraissait plus ludique. Crocheter de petites serrures lui avait toujours plu, la satisfaction était quasiment toujours garantie. Si d'aventure, celle-ci lui résistait, un bon coup de talon viendrait rapidement à bout de la boîte en métal.

Le crochetage fut rapide, bien moins qu'à l'époque de son passage chez les Robbers, mais le résultat escompté était le même. Il s'empara de l'enveloppe, referma la boîte et pressa le pas vers sa voiture.

Il avait tout envisagé, mais fut surpris par le contenu. En tout, six billets de cinq cents euros, chacun accompagné d'une petite note qui lisait : « Désolé pour le retard, voici février, mars et avril ».

De toute évidence, Éva devait recevoir mille euros par mois, mais pour quoi ? Un chantage ? Est-ce que Ghersi payait toute l'année ou simplement ces trois mois particuliers ? Quoiqu'il en fût, Gabriel allait conserver précieusement cette enveloppe qui lui conférait un prétexte d'approche plutôt convaincant pour aller s'entretenir avec Eva

Verdannet. C'est lui qui menait désormais la danse, fini de se faire mener par le bout du nez. Ils avaient beau être chez eux ici, le Poulpe serrait fermement ses huit tentacules sur le domaine. Il avait le pressentiment que la vérité était au bout de ces trois mille euros. Il les aurait bien gardés pour les envoyer à Raymond afin qu'il continue de retaper son Polikarpov, mais son flair lui disait de les conserver jusqu'à nouvel ordre. Le nouvel altimètre pour son coucou, ce ne serait pas pour tout de suite. Le jour pointait déjà le bout de son nez et il se voyait mieux dans les draps d'Anaïs que de se taper vingt bornes jusqu'à sa tanière provisoire. Maintenant qu'il avait la clef, il pouvait aller et venir comme bon lui semblait. Ce sentiment de contrôle était réel et il fallait que ça dure.

Quand Gabriel arriva aux Bleuets, Anaïs dormait à poings fermés alors que le soleil poignait déjà au-dessus des montages. La station allait reprendre vie petit à petit tandis que Gabriel sombrait dans les bras de ce brave Morphée.

À son réveil, il était seul dans le king size de la suite. Il appela Anaïs à plusieurs reprises et constata que la chambre était vide de son hôte. Il entreprit d'utiliser la salle de bain, mais se ravisa en se disant que remettre les mêmes fringues sales de la veille sur son corps fraîchement lavé avait quelque chose d'inutile. Il se saisit d'une bouteille d'eau dans le mini bar et attrapa une pomme au passage dans le panier à fruits. Il n'arrivait pas à se souvenir de la dernière fois où il avait eu un petit déjeuner aussi équilibré.

Sa première destination de la journée serait le domicile d'Eva Verdannet. Il avait parié sur le fait qu'elle serait chez elle un dimanche et qu'au pire des cas, il pourrait appeler Anaïs. Peut-être serait-elle même déjà là-bas. Il aurait été préférable que non, mais il verrait bien.

La nuit lui avait permis de voir un peu plus clair dans cette affaire et de poser plus sereinement les jalons de cette investigation. Il devait confronter la mère d'Anaïs à cette nouvelle pièce à conviction et voir où ses dires le mèneraient.

Le Poulpe appuya longuement sur le bouton de l'interphone. Après quelques secondes, quelqu'un décrocha, c'était Éva :

— Oui ?

— Bonjour, c'est Gabriel, l'ami d'Anaïs.

— Elle n'est pas là, son ton était sec.

— C'est vous que je suis venu voir.

— Écoutez, il est vraiment mieux pour vous que vous disparaissiez.

— C'est Tonio qui m'envoie.

Un long silence.

— Il veut payer les mois de retard.

De nouveau un silence puis le buzz de la serrure. Comme la première fois où il avait fourré ses panards ici, la porte s'ouvrit lentement. Pas besoin de sortir son Beretta cette fois-ci, il tenait les cartes en main.

Assise dans son canapé, dos à lui, elle fumait lentement, le regard probablement plongé dans la belle vue sur toute la vallée derrière la grande baie vitrée.

— Je ne sais pas qui vous êtes ni ce que vous êtes vraiment venu faire ici, mais faites-le vite, qu'on en finisse.

Gabriel s'avança jusqu'au fond du salon afin de pouvoir lui faire face. Il s'adossa contre le verre de la baie coulissante et sortit l'enveloppe de Ghersi.

— Il y a le mois de février, de mars et celui d'avril.

Il lança le tout sur la grande table à sa gauche. L'enveloppe alla rejoindre un tas d'autres comme elle, encore cachetées.

— Depuis quand il se sert d'un vaguemestre ?

— Disons que les circonstances ne sont plus les mêmes depuis la mort de votre frère. Mes condoléances d'ailleurs.

— Je suppose que vous n'êtes pas venu uniquement

pour me porter de l'argent.

— Si vous le voulez bien, j'aurais juste quelques questions à vous poser et selon vos réponses, je m'en irai et vous n'entendrez plus parler de moi.

— Allez-y toujours, j'ai pas l'impression d'avoir bien le choix, ironisa-t-elle en éteignant sa cigarette.

— Vous avez une idée de ce que pourrait bien faire votre frère Romain à Chambéry ?

— Il a plusieurs appartements là bas, il y fait bien ce qu'il veut.

— La nuit du meurtre, Romain était justement à Chambéry. Il a pourtant raconté qu'il était en présence de sa femme, chez lui, bien sagement.

— Vous êtes qui au juste ? Vous êtes flic ? Un privé ?

— Je cherche la vérité.

— C'est Tonio qui vous emploie pour savoir ce qu'il s'est passé ?

— On peut dire ça comme ça.

— OK, je comprends.

Elle eut l'air de se détendre un peu. Elle devait faire confiance à Ghersi et le fait que Gabriel ait pu travailler pour lui, lui fit accepter le fait de répondre à un interrogatoire. Le Poulpe l'avait jouée fine, la brèche était ouverte, il suffisait d'y entrer tout entier.

— J'ai du mal à comprendre pourquoi il serait allé jusqu'à mentir aux autorités alors qu'il était à Chambéry ce soir-là et que son innocence était de fait établie, reprit-il.

— C'est parce que vous ne connaissez pas mon frère ni ma famille ! Romain a toujours eu une double vie, celle de façade, celle sous les feux de la rampe et une autre plus nocturne et plus… noire. D'autres diraient plus triste.

— C'est-à-dire ?

— C'est-à-dire qu'il a sa femme et sa petite fille, que ça fait joli sur les photos de famille, mais qu'en réalité, il aime la luxure, l'argent et la flambe. Il a failli y avoir un scandale l'année dernière quand on a appris qu'il fréquentait des escort-girls. Il dit qu'il a tout arrêté, mais je me rappelle qu'il les voyait en cachette dans son bel appartement du centre-ville de Chambéry. Sa garçonnière en somme.

Les pièces du puzzle commençaient à se mettre en place. Quelqu'un de bien informé avait envoyé cette photo compromettante à Gabriel pour pointer du doigt le fait que Romain Verdannet avait menti et continuait à le faire. De toute évidence, on cherchait à lui faire du mal en ternissant sa réputation et en décimant son image familiale. Il y a fort à parier qu'un nouveau scandale de la sorte aurait raison de son couple et même si cette nouvelle révélation le disculpait du crime crapuleux de son propre frère, elle lui infligeait une blessure bien plus profonde et bien plus vicieuse. Cette famille Verdannet avait ses placards bourrés de squelettes et la mort de Guillaume déterrait tous les cadavres cachés dans le jardin.

Le soir de la tuerie, Romain était tout simplement à Chambéry dans son bordel personnel du centre-ville en train de se payer — littéralement — du bon temps en bonne compagnie pendant que l'on tailladait le torse de son unique frère. Le retrait de pognon au distributeur avait alors pris tout son sens. Tout comme les médecins, on ne payait pas les tapineuses avec des menaces au Beretta.

Gabriel avait élucidé ce pan de l'histoire grâce à Éva, il ne voulait pas l'emmerder plus longtemps et décida de prendre congé d'elle. Elle fut soulagée et presque étonnée que ça n'ait duré que si peu de temps. Avec le départ du Poulpe, elle allait retourner à sa tranquillité dominicale et trois mille balles en plus pour son codevi. Pas de quoi se plaindre au pays des chalets à cent briques.

C'était évidemment sans compter le bulbe du Poulpe qui carburait à plein régime depuis qu'il s'était lancé dans cette nouvelle affaire. Quelque chose le gratouillait là où il avait du mal à le faire par lui même, n'étant pas souple de nature. Alors qu'Eva Verdannet l'avait raccompagné jusque sur le perron, il se retourna et lança de but en blanc :

— Et Marie-Louise ? Ça vous évoque quelque chose ?

Éva fixa le Poulpe dans les yeux.

— Absolument rien, dit-elle froidement avant de claquer la porte.

La réponse d'Eva Verdannet tournait en boucle dans sa tête, au rythme du crissement des cailloux sous ses pas. « Absolument rien. »

Tous les détecteurs et les senseurs du Poulpe étaient au rouge. Elle mentait.

# Chapitre XI

« LA LOI DE PUDDER :
— Tout ce qui commence bien, finit mal.
— Tout ce qui commence mal, finit bien pire.

LA LOI DE NON-RECIPROCITÉ DES ATTENTES :

Les attentes d'un résultat négatif engendrent un résultat négatif.

Les attentes d'un résultat positif engendrent un résultat négatif.

LA LOI QU'ON NE PEUT PRONONCER :

Dès que l'on mentionne quelque chose…
… si c'est bien, ça disparaît…
… si c'est mauvais, ça arrive. »

La commère des Alpes — comme l'appelait Gabriel — lui avait une fois glissé qu'Antonio Ghersi avait sa table réservée tous les midis à The Little Italy, à deux pas de son night-club, et qu'il était bien rare qu'il déroge à ce rituel quasi sacré.

Le Poulpe n'était pas très branché cuisine ritale, mais qui pouvait vraiment résister à une bonne pizza ?

Premier client de la journée, il fut accueilli chaleureusement par un jeune serveur qui lui proposa de choisir sa place. Il repéra le petit écriteau « réservé » qui trônait fièrement sur une petite table près du four en pierre. Il ne put s'empêcher de se dire que Tonio devait avoir la même place à l'école, près du radiateur.

Il commanda une burrata en entrée ainsi qu'une bière Peroni dont il apprécia la fraîcheur et observa attentivement la porte d'entrée.

Ce n'est qu'au dessert que Ghersi fit son apparition. Qu'à cela ne tienne, il lui causerait pendant la digestion. Il avait envisagé de lui servir une tarte à la phalange comme antipasti, mais se rappela le statut du type dans la station. S'il avait vécu ici, le Poulpe l'aurait surnommé le Duce, en référence à des heures plus noires de l'histoire.

Le grand Tonio serra la main à presque tout le monde dans le restaurant et mit une éternité à s'installer à la table qui lui était destinée trois cents jours par an. Il ne remarqua pas Gabriel, assis directement à sa droite. Il attendit quelques secondes qu'il finisse son cinéma avec le patron puis se tourna vers Ghersi, sa fausse carte de police glissée sous ses yeux.

— Je sais que vous n'avez pas besoin de menu ici, mais jetez quand même un coup d'œil à la carte.

— J'ai déjà tout dit l'autre jour.

Antonio avait perdu son accent depuis belles lurettes, ce qui rendait la scène moins pittoresque.

— Seulement moi, je suis pas du coin, tu vois, et je fais pas partie de la même division alors avant que t'attaques ton déjeuner, ce serait sympa de répondre à deux trois questions, parce que moi j'ai fini, et j'aimerais bien partir.

— Ça y est, on se tutoie ?

— Entre Européens, on peut, non ? Vu la façon dont tu m'as jeté de ton établissement, t'imaginais quand même pas que j'allais te faire des courbettes ?

— Je me disais bien que je vous connaissais de quelque part… Si c'est pour ce qui s'est passé aux Caves, je ne savais pas que vous étiez flic, on peut s'arranger.

— Ton videur savait qui j'étais, lui, mais il a pas eu le temps de faire les présentations.

— Vous n'êtes pas la clientèle que je recherche.

— Bon allez, assez de bavardage. Dis-moi plutôt où t'étais le soir où Verdannet s'est fait descendre.

— Je l'ai déjà dit à vos collègues, à la boîte, comme tous les soirs.

— Ça t'arrange quand même pas mal que ton principal rival soit aux abonnés absents, non ?

— Je suis un businessman, tout le monde sait que je ne porte pas les Verdannet dans mon cœur, mais je les respecte en tant que concurrents. Sans concurrence, il n'y a pas de compétition.

— Ça ne s'applique pas à tous les Verdannet on dirait… La petite Éva, elle te dérange pas elle ?

— Je vois pas de quoi vous voulez parler.

Il n'avait pas bronché à l'évocation de la mère d'Anaïs, il était rodé pour ce genre de choses. Inutile de chercher la faille dans son langage corporel, il faudrait se contenter de ses réponses.

— Elle reçoit de l'argent de toi tous les mois, ça doit quand même te dire un truc ?

— Je lui loue plusieurs garages, au black. Vous allez me dénoncer à la répression des fraudes ?

Il avait marqué un point avec son histoire de garages. Ça sonnait faux, mais il n'y avait rien de pire que de s'engouffrer dans une brèche en suivant une piste qui ne menait à rien. Gabriel ne préféra pas continuer dans cette voie et donna une nouvelle tournure à la conversation.

— Marie-Louise, tu lui loues des garages aussi ?

— Qui ça ?

— Marie-Louise. Tu connais une Marie-Louise ? reprit-il.

— Oui.

Une bombe venait d'exploser dans le cerveau du Poulpe. Ghersi allait ouvrir une nouvelle porte et faire la lumière sur ce pan de l'histoire. Les pulsations cardiaques de Gabriel s'accélérèrent, mais il donna le change en restant impassible. Alors que le serveur amenait une assiette de focaccia à Antonio, l'obligeant à stopper sa réponse, le faux inspecteur d'une division qui n'existait pas restait pendu aux lèvres de l'Italien.

— C'est une de mes serveuses. Maria-Luisa, une Italienne, comme moi.

La deuxième bombe venait d'être lâchée comme une sorte de revival de Nagasaki, mais en Toscane cette fois-ci. Gabriel ne pouvait pas analyser ce nouvel élément pendant la conversation, il s'agirait de trouver de quoi alimenter cette braise naissante.

— On peut la voir quand ta serveuse ? enchaîna Gabriel.

— Elle est chez moi trois soirs par semaine, du vendredi au dimanche.

— Et les Verdannet, ils viennent des fois dans ton burlingue ?

— Faut pas rêver ! Je leur ai toujours dit qu'ils étaient les bienvenus et que je le traiterais comme des clients ordinaires, mais aussi loin que je puisse me souvenir, ils n'ont jamais mis les pieds aux Caves. À part quand c'était à eux.

— Comment ça ?

— Fin des années quatre-vingt, tout leur appartenait. Ils ont eu un petit coup de mou et c'est là que je suis rentré en scène. J'ai racheté la boîte.

— Et c'est de là que tu as commencé à faire fortune ?

— J'étais déjà pas mauvais avant, mais posséder ce symbole de Courchevel m'a bien aidé oui.

Pourquoi avait-il attendu tout ce temps pour interroger Ghersi ? Et lui qui pensait que toute l'affaire gravitait autour d'Anaïs, comme si le fait que sa relation avec elle se revêtît du sceau de l'interdit, la rendait coupable de quelque chose. Tout commençait à trouver une explication plausible et comme à chaque fois, les interprétations les plus évidentes étaient souvent celles qui étaient les bonnes. Le liquide que Ghersi semblait régulièrement donner à Éva avait désormais un nom : un loyer. Un loyer non déclaré certes, mais un loyer quand même. Tous les deux avaient du mal à en parler ouvertement du fait du caractère dissimulé, à la limite de la légalité, des transactions, mais le Poulpe n'était pas là pour ça. Cette Marie-Louise, ensuite, n'était autre qu'une serveuse aux Caves. Il fallait encore vérifier l'information, mais Gabriel avait déjà la certitude que la jeune femme devait se présenter aux autres avec ce patronyme francisé et que le tueur de Guillaume Verdannet l'avait utilisé sans connaître son véritable prénom, italien celui-là. La suite des événements consisterait à découvrir la relation entre Guillaume et Maria-Luisa. Ou alors était-ce quelque chose entre Romain et la serveuse qu'il fallait trouver ? Se pouvait-il qu'elle arrondisse ses fins de mois en tant que michetonneuse de luxe ? Ne pouvant pas approcher le frère Verdannet sans réel motif, il allait falloir se concentrer sur la serveuse.

— J'aurais besoin de parler à ta serveuse. Tu m'autoriseras à rester dans ton établissement cette fois ? Promis, je changerai de sapes.

— Faites ce que vous voulez, mais par pitié, faites-le en dehors des heures de travail ! Je ne veux pas de scandale chez moi. Elle habite dans un des appartements que j'ai pour mes saisonniers, je vais vous donner l'adresse.

Il réclama un stylo et l'inscrit sur un coin de la nappe en

papier.

Gabriel accepta la précieuse information, se leva et signifia à Antonio Ghersi que son interrogatoire était terminé. Il embarqua l'adition de sa table et envisagea d'aller payer au comptoir quand Ghersi le héla :

— Je vous invite, Monsieur… euh ?

— Il polipo, répondit Gabriel.

— La pieuvre ?

— Le Poulpe ! précisa-t-il avant de le saluer et de disparaître dans les rues de Courchevel.

Le temps pressait. Il voulait profiter de la fraîcheur du tuyau de Ghersi et battre le fer pendant qu'il était encore chaud. Si celui-ci prévenait Maria-Luisa, il n'aurait pas le temps de faire grand-chose et s'il y avait anguille sous roche, Gabriel serait à même de la faire craquer. Il empoigna le bout de nappe déchirée et se dirigea vers l'adresse indiquée.

C'est à Courchevel 1550, dans un immeuble des années soixante-dix, que se trouvait l'appartement de la serveuse italienne. Ce vieux bâtiment fait de bois, de verre et de béton avait sûrement été, à l'époque, le fleuron de la station pour les amateurs de sports d'hiver, mais, désormais d'architecture obsolète, il faisait plutôt office de verrue géante aux pieds des pistes.

À l'image de l'extérieur, l'intérieur se revêtait d'une moquette désuète aux motifs psychédéliques de laquelle émanait une odeur qu'un nez chez Chanel aurait qualifiée de rance avec des pointes d'acidité.

Gabriel sonna à l'appartement 217 et quelques secondes plus tard, une magnifique brune, aux yeux aussi noirs que du Chianti, entrouvrit la porte. Le Poulpe glissa sa carte de police sous les yeux de la jeune femme et celle-ci n'eut d'autre réaction que de machinalement laisser entrer l'inconnu.

— Bonjour mademoiselle, excusez-moi de vous importuner, dit-il en langage de flic, j'aurais quelques questions à vous poser. Ce ne sera pas long.

— Euh… OK.

Son accent était subtil, mais charmant. Elle aurait pu jacter avec le pire accent du monde – autrichien peut-être ? – qu'il aurait trouvé ça charmant quand même. Il ne savait pas trop par où commencer et s'il s'était écouté, sa première question aurait été de lui demander où elle voulait boire un verre. Mais il trouvait le temps long et il préféra attaquer dans le vif du sujet.

— Vous connaissez Romain Verdannet ?

— Celui qui est mort ? demanda-t-elle surprise.

— Non, l'autre, son frère ?

— Je ne crois pas…

Elle avait l'air de tout ce qu'il y a de plus sincère et une fois de plus, Gabriel sentait les nouvelles pistes s'amenuiser au fur et à mesure qu'il avait l'impression d'avancer. Un pas en avant, dix en arrière.

Il décida de frapper plus fort, quitte à bousculer un peu la demoiselle.

— On vous a déjà proposé de l'argent pour des services… hum… disons, d'escort ?

Maria-Luisa se raidit puis se figea. Gabriel avait tapé juste. Il se radoucit et se fit plus amical.

— Vous inquiétez pas, je suis pas là pour vous juger. Un homme est mort et j'ai simplement besoin de tout savoir sur cette affaire, y compris les choses qui fâchent. On vous a déjà proposé de vous payer pour ce genre de services ?

— En quelque sorte, répondit-elle timidement. Un homme venait souvent là où je travaille pour me proposer d'accompagner son patron pour dîner ou en voyages d'affaires.

— Et vous avez déjà accepté ?

— Non.

Elle n'avait pas hésité une seule seconde, elle semblait sincère là aussi.

— Cet homme, vous pourriez le décrire ou le reconnaître si vous le voyiez ?

— Oui, je pense…

Bien entendu, Gabriel n'avait aucune intention d'organiser un défilé de suspects comme dans les films au commissariat du coin. La réponse que lui avait fournie la belle Italienne lui suffisait. Il n'avait aucun doute sur la personne qui avait envoyé son sbire jouer les entremetteurs. Mais cela ne résolvait pas encore le mystère des circonstances du décès de Guillaume Verdannet. Il tenta d'autres pistes.

— Est-ce qu'il est possible qu'un client des Caves soit tombé fou amoureux de vous au point de faire des choses un peu hors du commun ?

— Je ne crois pas.

— Y'a-t-il une personne à Courchevel qui aurait pu vous coller de trop près de façon bizarre ou je sais pas moi, qui vous offrait sans cesse des cadeaux par exemple ?

— D'accord, je vois ce que vous voulez dire maintenant. Mais non. Oui bien sûr, avec l'alcool, il arrive parfois que des clients soient trop touchants avec moi…

— Tactiles ?

— Oui voilà, pardon. Mais les videurs savent toujours les maîtriser et leur dire de se calmer. Je n'ai jamais eu aucun problème au night-club.

Cette dernière phrase, en revanche, sonnait creux. Gabriel considéra le fait de lui révéler qu'on avait écrit au couteau le nom « Marie-Louise » sur le torse de la victime, mais si elle était effectivement impliquée de près ou de loin dans cette affaire, elle pourrait tout faire foirer. Il fallait pourtant qu'il tente de la secouer un peu afin d'obtenir du concret. Il brusqua très légèrement le ton et opta pour le tutoiement.

— Tu te fais appeler Marie-Louise ?

— Hein ?

— Les clients, ils t'appellent Marie-Louise ?

Elle paraissait confuse, désorientée.

— Je… c'est mon nom, Maria-Luisa… je…

— Je te parle de « Marie-Louise », prononciation à la française. Qui t'appelle comme ça ?

Elle marqua un temps de pause, elle paraissait vraiment ne rien comprendre.

— Personne. On m'appelle souvent Maria, mais c'est tout…

Presque furieux, Gabriel leva les yeux au ciel et soupira bruyamment. Il tourna les talons et se dirigea vers la sortie, laissant en plan la serveuse sans même un arrivederci.

Cette affaire allait lui foutre un cancer du côlon si les pièces du puzzle ne se mettaient pas rapidement en place. Sans Cheryl, sans Paris, ni même ses tartines chez Gérard, il allait tourner fou. Il naviguait sur un véritable océan de non-dits et de secrets de famille, à croire que tout le village s'était passé le mot. Tous parlaient en messages codés ou répondaient à moitié aux questions. Rien de plus infernal pour un Poulpe qui cherche des réponses.

S'il existait un rapport entre Marie-Louise et Maria-Luisa, il n'était pas prêt de l'avoir trouvé. Il n'avait qu'une seule envie pour l'heure : rentrer à La Tania, prendre une bonne douche et piquer un bon petit somme.

Arrivé devant la porte de chez lui, à bout de nerfs, il eut le pressentiment qu'une nouvelle embûche venait de se mettre sur son passage. La porte de son appartement n'était pas verrouillée et il était pourtant sûr de l'avoir fermée en partant. Il dégaina rapidement son Beretta et entra à pas feutrés. Un jeune homme que la pénombre empêchait d'identifier se leva brusquement de sa chaise, les deux bras en l'air. Gabriel alluma la pièce, considéra celui qui lui faisait face puis abaissa son arme.

— Tu étais avec Kenneth quand vous m'avez enlevé ?

— Oui Monsieur le Poulpe, j'ai un message pour vous.

— Rassieds-toi, je t'en prie, et raconte.

— Vous vous rappelez quand Monsieur Ryan vous a expliqué pour le type qu'on venait de recruter et qui nous avait filé le tuyau pour le chalet de Verdannet ?

— Oui, le gars qui s'est mystérieusement fait la malle juste après ?

— Voilà, un certain Thomas de Grenoble. On a retrouvé sa trace.

Une minuscule lumière venait de s'allumer au bout du tunnel. Le jeune homme poursuivit :

— Il s'est tiré en Grèce avec un petit pactole de vingt mille euros selon nos sources. Il y aurait tout à penser qu'il ait été payé pour nous rencarder sur le chalet à braquer puis pour disparaître sans laisser de traces.

— Mes chers amis, vous avez bel et bien été dupés…

# Chapitre XII

Allongé sur le canapé du petit studio, les bras croisés sur son torse, Gabriel faisait marcher son ciboulot à plein régime. Les yeux ouverts, il fixait le plafond et y projetait les images mentales de toute cette affaire. Dans ce maelström de mensonges et de fausses pistes, une chose était pourtant certaine : on avait voulu détourner l'attention de la police en faisant croire à un cambriolage qui avait mal tourné. Le jeune Thomas – si tel était son vrai prénom – avait été utilisé comme cheval de Troie et avait filé un tuyau percé à Kenneth et à sa bande de gentlemen cambrioleurs. Tout était trop bien huilé : pas d'alarme, un beau chalet de luxe avec pas mal d'objets de valeur à taper, mais la cerise sur le gâteau, c'était le cadavre sur le tapis. Bien sûr, quand les Robbers eurent rempli leur besogne, il ne fait aucun doute que le tapis du salon était encore immaculé et que ce n'est qu'après leur départ que le, la ou les meurtriers ont placé le corps sans vie du magnat de Courchevel : Guillaume

Verdannet. Histoire de se la jouer à l'Américaine, on avait laissé un autographe sur le torse de la victime avec un scalpel en guise de stylo. « Pour Marie-Louise. » Pas de Maria Luisa ou toutes ces conneries. Non ! « Pour Marie-Louise ». Et pour faire marrer encore plus le Poulpe, zéro Marie-Louise dans les parages depuis le sacre de François Ier. Soit le journaleux avait, lui aussi, filé un tuyau percé à Gabriel et cette information soi-disant confidentielle était du chiqué, soit c'était vrai et ça n'avait aucun sens pour l'instant. Celui ou celle qui avait glissé un petit pourboire de vingt plaques au jeune Thomas pour qu'il aille se mettre au vert aurait très bien pu faire pareil avec le journaliste pour qu'il raconte des salades à Gabriel histoires de s'amuser un peu avec le fouineur venu de la capitale.

Le tableau de famille était pas bien reluisant : un macchabée, un frère marié qui tape dans la fille de joie, une sœur qui traficote avec l'ennemi juré et une nièce un peu trop jeune pour faire des acrobaties avec le Poulpe. Il fallait qu'il fouille dans sa mémoire, se repasse tous les interrogatoires au ralenti pour choper les réactions sortant de l'ordinaire et les réponses vaseuses. Il y avait toujours cette histoire d'avortement qui le rongeait. Il avait besoin de revoir Anaïs et de tenter d'éclaircir cette histoire avec elle. Ça risquait de se montrer assez difficile tant la fougue de la jeune fille pouvait lui faire se refermer comme une huître à la moindre contrariété. Gabriel lui-même ne savait plus bien s'il voulait la revoir pour élucider tout ce mystère ou tout simplement plonger son regard dans le sien pendant des heures et sentir la blancheur de ses petits seins contre son torse. Se pouvait-il que la conscience embuée du Poulpe le mène exprès en bateau afin qu'il ne trouvât jamais la solution de l'énigme et qu'il prolonge son séjour perpétuellement ? En effet, qui disait dénouement de l'affaire, disait retour à Paris. Retour à la « vraie » vie, retour Au pied-de-porc, retour à la tronche de trois pieds de long de Gérard, mais surtout retour auprès de Cheryl. Il se trouvait là, dans le territoire des choucas, au-dessus des nuages, au-dessus de tout, mais en dessous de la vérité. Il vivait tantôt un rêve, tantôt un cauchemar, mais toujours éveillé. Il ne savait dire pourquoi il tenait tant à découvrir ce qui s'était réellement passé la nuit où le frère Verdannet s'était fait lacérer jusqu'à son dernier souffle. Il aurait très bien pu laisser cette sale besogne aux poulets et être tranquillement en train de lire son Parisien chez lui, dans le XIe. Au lieu de ça, il se les gelait sévère dans un endroit où la seule personne qui voulait bien de lui semblait être mouillée profondément dans tout cet imbroglio.

Mais Gabriel ne tenait plus. Avant de rejoindre Anaïs, il se devait d'entendre la voix de Cheryl et pas celle de son répondeur, si possible. Il fouilla dans sa poche et en extirpa son téléphone. Il n'avait aucun numéro enregistré dans son répertoire, car tous les numéros importants dont il avait besoin étaient ancrés dans sa mémoire. Il n'était pas bêtement dépendant d'un bout de plastique bourré de circuits imprimés pensés par des Suédois et fabriqués par des enfants chinois. Il composa donc de tête le numéro de Cheryl puis au bout de trois sonneries, la connexion fut établie.

— Allô ?

— C'est Gabriel.

— Je sais, j'ai vu ton nom s'afficher.

— T'es dans ta mauvaise semaine ou quoi ?

— Tu veux parler de la semaine sans nouvelle de toi que je viens de passer ou d'autre chose ?

— Je vois que les missiles sont armés ! Je suis désolé, je suis noyé dans une affaire et le réseau ne passe pas des masses ici, tenta-t-il.

— Gérard m'a dit que tu étais à Courchevel. Encore une de tes enquêtes qui ne mènent nulle part ?

— Pour le coup, tu viens de taper dans le mille. Celle-ci ne semble effectivement mener nulle part…

— Alors rentre, ou alors invite-moi ! J'ai toujours ma

combinaison rouge, celle que tu aimes bien.

— Je ne peux malheureusement faire ni l'un, ni l'autre. Mais quelque chose me dit que je suis presque au bout du tunnel.

— Franchement je ne te comprendrais jamais. Y'a une fille là dessous ?

— Qu'est-ce que c'est que cette question ? Je te rappelle qu'on s'est promis de se laisser nos jardins secrets.

— Avec toi c'est plus un jardin, c'est carrément une véritable exploitation agricole !

— Écoute, je t'appelais pour entendre ta voix et pour savoir comment tu allais, pas pour me faire incendier.

Un silence.

— Ça va, ça va. Mais tu me manques, minauda-t-elle. Fais attention à toi et à ta belle gueule.

— Ne t'inquiète pas, tout est sous contrôle ici. Tu sais qu'ils ont même des trottoirs chauffants ?

— C'est fascinant. Allez, dis-moi que je te manque et je te laisse retourner à ton enquête inutile.

— Tu sais que tu me manques, Cheryl. Prends soin de toi.

— Allez, file le Poulpe !

Le cœur de Gabriel se serra au moment de raccrocher. Pourtant, lorsqu'il ferma les yeux, il vit Anaïs. Son téléphone toujours en main, il l'appela et convint de passer la voir sans délai, chose qu'elle accepta.

C'est de nouveau l'hôtel des Bleuets qui accueillit une nouvelle rencontre Anaïs-Poulpe. Cette fois-ci, Gabriel repoussa gentiment les avances de la jeune femme et se concentra sur l'essentiel de sa mission. Comme si elle s'était préparée à ce moment, elle prit place sur un fauteuil d'allure confortable et s'alluma une cigarette avec élégance.

— C'est un peu délicat pour moi de devoir te poser de

nouvelles questions, mais comme tu le sais, je ne suis pas venu ici pour profiter du paysage, commença-t-il.

— Je sais surtout que tant que tu es encore ici, c'est que tu n'as pas trouvé ce que tu cherchais. Ou alors si, justement…

Sa réponse le bouleversa, car elle était criante de vérité, mais il ne se laissa pas le temps de l'analyser à chaud. Il avait beaucoup de mystères à mettre à jour et ça passait fatalement par une profonde discussion avec Anaïs.

— Non, je n'ai pas encore trouvé ce que je cherchais parce que je cherche la vérité. Et pour être honnête, c'est difficile à trouver ici.

— Tu parles d'ici dans cette chambre, et dans ce cas je serais très vexée, ou tu parles de Courchevel en général ?

— Je parle de ta famille.

— J'en suis la première victime Gabriel, crois-moi.

— On va y venir justement.

— On dirait un flic, je sais pas si ça me fait peur ou si ça m'excite…

— T'es au courant du petit business entre ta mère et Antonio Ghersi ?

— Franchement, pas vraiment. C'est quoi leur petit business ? dit-elle un peu désabusée.

— T'es au courant de rien ?

— Non ! Vraiment.

— Apparemment, Ghersi lui loue des garages au black.

Elle s'esclaffa puis toussota la fumée qu'elle avait avalée de travers.

— C'est ça que t'appelles un « business » ? elle riait de plus belle.

Conscient du ridicule de la situation, il se mit nerveusement à rire avec elle. L'atmosphère se détendit et chacun s'en voyait plutôt ravi.

— Je sais pas si ce business, comme tu dis, a vraiment rapport avec le meurtre de mon oncle, enchaîna-t-elle.

— T'as raison, ça paraît un peu con dit comme ça, mais je t'assure que les manigances que Ghersi met en œuvre pour filer quelques talbins à ta mère m'ont vraiment intrigué. C'est pourquoi j'en viens à me demander ce qu'il fout avec ses garages ?

— Il a plein de bagnoles de luxe, il les collectionne. Je crois pas qu'il faille chercher plus loin.

— T'as sûrement raison. C'est donc là que j'attaque le sujet qui fâche.

Comme si elle savait déjà de quoi il s'agissait, Anaïs se raidit.

— Je pense que tu ne me lâcheras pas si tu ne crèves pas cet abcès donc vas-y, balance.

— Je suis allé voir le docteur Laplace. Il m'a expliqué pour ton problème, il y a quelques années…

Elle se leva furieusement et écrasa violemment sa cigarette dans un cendrier.

— Tu peux dire le mot « avortement » tu sais, pas besoin de tourner autour du pot ! elle le fixait droit dans les yeux. Ce vieux schnock ne sait décidément pas tenir sa langue !

— Faut dire que je l'ai un peu forcé…

— Bon, écoute-moi bien. J'ai l'air énervé comme ça, mais je ne t'en veux pas. J'ai compris ce que tu venais faire ici, je suis juste en colère contre tous ces gens qui sont censés me protéger : ma famille et son entourage ! Ils disent toujours que c'est pour mon bien, mais au final, ils font plus de mal qu'ils ne le pensent.

— Pourquoi cet avortement a pris de telles proportions ?

— Parce qu'ils sont tous fous ici ! Ils ne pensent qu'à leur petite image, ils ne se soucient que des apparences et peu importe si la merde s'entasse sous le tapis ! J'ai fait une erreur comme plein de gamines en font. Je suis tombée enceinte et alors ?

— Je te juge pas Anaïs, je veux juste essayer de comprendre.

— Y'a rien à comprendre ! Cet avortement allait faire tache sur leur CV à tous ces cons ! Déjà que ma mère m'a eu toute seule, voila que sa petite trainée de fille se fait foutre en cloque par le premier venu !

— Ils ont voulu tout étouffer.

— Oui. Mais tout se sait un jour où l'autre ici.

Elle se rassit dans le fauteuil et se massa la tempe droite pour se calmer.

— Je suis désolée de m'emporter, mais tu comprends pourquoi je ne suis pas très famille et que la mort de mon oncle ne me fait pas pleurer des torrents de larmes ?

— Je peux comprendre, oui.

Anaïs releva la tête et fixa le Poulpe. Ses yeux étaient injectés de sang tandis que ses lèvres étaient gonflées par le désir.

— J'ai envie de toi, là, tout de suite, dit-elle en déboutonnant sa chemise.

Gabriel fut submergé par l'envie de se retrouver collé à ce corps si pur et si parfait qu'il en oublia Paris, son enquête et Cheryl, et se jeta sur Anaïs pour l'embrasser.

La grande aiguille de sa montre avait presque fait un tour complet. Les corps en sueur des deux amants, éparpillés dans le lit, respiraient en synchronisation. Anaïs se tourna vers Gabriel :

— J'attends des amis, faut que t'y ailles.

— J'ai bien compris le message, répondit-il en se relevant, je m'habille et j'y vais.

— Tu peux prendre une douche si tu veux.

— Je te remercie, mais j'ai une baignoire là où je crèche et crois-moi, je compte bien l'utiliser.

Une demi-heure plus tard, Gabriel trouva une place juste devant l'entrée principale de son immeuble et, en cherchant ses clefs, s'aperçut de plusieurs appels en absence sur l'écran de son téléphone mis en mode silencieux. Le même numéro avait appelé trois fois, il correspondait à celui d'Anaïs. Le Poulpe s'empressa de la rappeler.

— Enfin ! dit-elle en décrochant.

— J'ai oublié un truc chez toi ?

— Non. Je voulais juste que tes besoins de vérité soient satisfaits.

— Je pige pas…

— J'avais trop envie qu'on fasse l'amour, je sentais que ça allait sûrement être la dernière fois.

— Pourquoi tu dis ça ?

— Ton enquête arrive au bout.

— Pas vraiment, mais si t'as un tuyau, je suis preneur.

— Je dois t'avouer quelque chose…

— Je t'écoute, fit-il, très intrigué.

— Toute cette histoire d'avortement n'est pas totalement complète.

Pendu aux lèvres d'Anaïs, Gabriel laissa planer un silence qui lui permit de continuer sur sa lancée.

— Le fait est que je n'ai pas fait une connerie de jeunesse comme je te l'ai laissé croire tout à l'heure. Je suis bien tombée enceinte… mais c'était à la suite d'un viol.

# Chapitre XIII

S'il n'avait pas lâché mille balles de caution pour l'appartement, Gabriel aurait tout cassé à l'intérieur. Il se laissa aller à frapper du poing à deux reprises sur le mur du salon et la douleur qui commençait déjà à lui ronger les phalanges lui fit regretter ce geste. Alors qu'il se massait la main droite, il faisait les cent pas dans ce clapier d'alpages qui le rendait déjà fou. Ses dents grinçaient sous la pression qu'il exerçait sur elles et il avait envie de crier assez fort pour déclencher une avalanche.

Anaïs avait raison. Son enquête touchait à sa fin. Ce n'était pas du tout celle qu'il attendait et il allait devoir composer avec. Gabriel avait beau secouer la tête, les idées contradictoires qui parcouraient son cerveau à la vitesse de la lumière le rendaient dingue.

Tout faisait sens désormais. Anaïs avait été victime d'un viol quelques années auparavant et son oncle, bizarrement détesté, mourrait comme un vulgaire vaurien torturé au milieu de son salon. Mademoiselle avait l'alibi parfait puisqu'elle était à deux cents bornes des lieux du crime. Elle avait aussi les finances éventuelles pour se payer un quelconque Yougo qui aurait dézingué son oncle pour pas trop cher. Elle l'avait bien eu cette petite garce avec son petit cul, ses petites lèvres pulpeuses embellies de gloss et ses yeux en amande dans lesquels on pouvait rester tout un dimanche à s'y perdre. Qu'est-ce qu'il foutait ici ? Qu'est-ce qui lui prenait de vouloir toujours fourrer ses tentacules là où personne ne désirait sa présence. Qu'il les laisse vivre ces nantis, ces négriers de l'or blanc ! Qu'il leur laisse leurs squelettes, leurs placards en marbre et leurs cadavres sur tapis, et qu'il se tire de là !

Il fallait pourtant recoller tous les morceaux de cette affaire avant de tirer des conclusions à la hâte. Un seul élément ne rentrait pas dans le tableau : l'inscription au scalpel. Il se voyait mal aller déterrer le corps de Verdannet à coup de pelle dans le cimetière de Notre-Dame des Neiges et plus il y réfléchissait, plus il avait la certitude que le journaliste qui lui avait vendu ce fait soi-disant confidentiel, lui en avait fait une belle. Le type voulait simplement avoir une piste pour tenter de décrocher un job sur Paris ou alors, il avait été payé pour mentir. Pour mentir expressément à la seule personne qui semblait se soucier de trouver un coupable dans cette foutue station de ski : le Poulpe. Dans ce dernier cas, on avait alors droit à quelqu'un qui avait les finances pour arroser tout le monde. D'abord les vingt mille euros distribués au petit jeune de Grenoble, afin que les Robbers des Bois s'introduisent dans le chalet du mort, et peut-être encore un petit billet pour le journaleux du Petit Savoyard. Ça commençait à faire beaucoup.

Si l'info était fausse, c'est une tout autre fin de parcours qui allait se présenter devant Gabriel et il devait être certain de ne pas se tromper. Il lui fallait donc en terminer au plus vite avec ce « Pour Marie-Louise ». Il en avait parlé à presque tout le monde. Sauf à Anaïs. Il n'avait jamais pu jauger la réaction de la jeune femme quant à l'évocation de cette inscription macabre. Pourtant, c'est l'image d'une autre personne qui lui restait dans le crâne. Qui avait réagi bizarrement à ce prénom peu commun ? Cette sacrée Eva Verdannet !

Exit les politesses et les courbettes, le Poulpe allait soutirer les réponses à ses questions à l'aide de son Beretta. Il en avait sa claque de se faire mener en bateau par tout le monde. La vue du plomb et l'odeur de la cordite en faisaient, en général, causer plus d'un.

Son feu italien en poche, il descendit les marches deux par deux et s'engouffra dans sa voiture. Peu importe si la mère d'Anaïs ne voulait recevoir personne, il s'inviterait de lui-même.

Le paysage désormais familier défilait devant ses yeux à toute allure. Il négociait les virages en tête d'épingle comme un vrai pilote et se permettait même de doubler les autochtones dans des endroits où le danger était maximum. Si par malheur les flics l'arrêtaient dans son élan, son flingue et ses divers faux papiers auraient fait tache sur le mensonge qu'il aurait tenté de leur faire gober. Mais bien heureusement, dans ce genre de contrées reculées — surtout hors-saison — la maréchaussée ne faisait pas trop d'excès de zèle.

Arrivé à destination, le moteur était presque encore en train de tourner que Gabriel était déjà hors du véhicule, marchant en direction de la porte principale. Il sonna et quelques secondes plus tard, Éva répondit. Il transforma quelque peu sa voix et prétexta avoir grand besoin d'aide. Il paraissait paniqué, comme si un accident venait de se produire. Il suffisait de baragouiner quelques mots à bout de souffle et de glisser quelques « ouvrez la porte » et un petit « je vous en prie » pour la forme, et ça marchait à tous les coups. Éva semblait interloquée, mais la porte finit par s'ouvrir dans son buzz caractéristique. Il ne restait plus qu'à monter les marches et frapper un bon coup dans la porte. Le Beretta ferait le reste.

Éva étouffa un cri. Gabriel ne sut dire si c'était la vue du flingue ou son propre visage sombre et déterminé qui effraya le plus la mère d'Anaïs, mais il avait réussi à la faire s'asseoir sagement dans le canapé et à lui faire comprendre qu'il ne lui ferait pas vraiment de mal.

— Je vais vous dire un truc, j'en ai marre des montagnes et de la neige. Je voudrais retrouver mon bout de périph' le plus vite possible histoire d'entretenir mon cancer des bronches, mais pour ça, il faut que je sache tout, avait-il dit avec insistance.

— Je… Je ne vois pas ce que vous voulez savoir de plus, bafouilla-t-elle.

— Il y a un point sur lequel je ne suis pas satisfait de vos réponses, il fit une pause. Qui est Marie-Louise ?

Éva secoua la tête et ferma les yeux.

— Plus vite vous me le direz, plus vite cette arme disparaîtra de votre vue, relança-t-il.

— Marie-Louise n'existe pas. Enfin pas vraiment…

— Je vous écoute.

— Voulez-vous bien me servir un verre avant que je ne vous raconte toute l'histoire ? Dans le buffet, là.

Elle pointa du doigt un petit meuble en acajou sur lequel un plateau chromé et quelques verres étaient disposés.

Dans la poche du Poulpe, son portable n'avait cessé de vibrer depuis qu'Éva lui avait ouvert la porte. S'apprêtant à jouer les barmen, il s'autorisa à jeter un coup d'œil à ce numéro qui l'avait appelé à plus de sept reprises. Il lui sembla que c'était celui de Kenneth, mais il n'en était pas sûr. Son cœur se mit à battre un peu plus vite. Le téléphone vibra de nouveau. Quelque chose lui disait qu'il devait répondre à tout prix. Il se tourna vers Éva et s'excusa :

— Je vous prépare votre verre, mais en même temps je dois prendre cet appel urgent. Je suis à vous dans quelques secondes.

Il posa son Beretta sur le plateau chromé, saisi une bouteille de whisky de la main gauche et son téléphone de la droite.

— Allô ?

— C'est Kenneth, how are you ?

— Good, good. Et toi, vieux briscard ?

— J'ai pas trop le temps là, mais je voulais absolument te tenir au courant. On a trouvé qui a payé pour que le petit de Grenoble se mette au vert.

Un feu d'artifice venait d'exploser dans la tête du Poulpe.

— C'est qui ? cria-t-il.

— Tu me connais Octopuss, pas au téléphone !

— Voyons-nous ! Ce soir !

— Je ne peux pas, mais je fais comme d'habitude, je t'envoie mon homme de confiance. Il saura te trouver. À très vite.

Gabriel n'eut pas le temps de lui dire au revoir que l'Irlandais avait déjà raccroché.

Il rangea son portable, déboucha le single malt et versa le liquide ambré dans un verre.

— Vous voulez des glaçons ?

Personne ne répondit à cette question. Le canapé était vierge de tout séant et l'appartement vide de sa propriétaire. La baie vitrée entrouverte témoignait de la disparition d'Éva et Gabriel n'était pas assez bête pour croire qu'elle se pavanait sur le balcon, une cigarette à la main. Par acquit de conscience, il alla vérifier et s'aperçut qu'un escalier menait à un autre parking, privé celui-ci, dont le portail électrique se refermait doucement. Éva était déjà loin. Plusieurs possibilités s'offraient à elle et l'une d'elles était d'aller se réfugier au poste de police de Courchevel. Cette éventualité inquiéta grandement le Poulpe, mais il avait une autre idée derrière la tête.

Son désir de vérité ressurgissait à présent et il devait composer avec ce qui se présentait à lui à chaque instant. La maison d'Éva et Anaïs était vide et, si la police avait été alertée, il lui restait une bonne demi-heure avant d'être vraiment inquiété, aussi décida-t-il de fouiller les affaires personnelles de la maîtresse des lieux.

Il ne s'encombra pas avec les formalités, il renversa tout ce qui était renversable, déchira tout ce qui pouvait se déchirer et fractura tout ce qui ne s'ouvrait pas du premier coup. Les minutes avançaient et la limite de temps qu'il s'était fixée approchait à grands pas. Les deux chambres principales et la chambre d'amis avaient été passées au peigne fin et par peigne fin il fallait comprendre : à la masse et au burin. La buanderie ne présenta aucun intérêt et il lui restait encore quelques minutes pour retourner le bureau sens dessus dessous. Il vit voler les tiroirs qui déversèrent leur contenu de papèterie sur le sol et inspecta les différents post-its et autres notes manuscrites qui jonchaient le sous-main. La question de l'ordinateur se posa, mais il l'éluda rapidement en s'attaquant à des boîtes en carton perchées sur une espèce de bibliothèque encastrée dans le mur du fond. Il les ouvrit et étala tout ce qu'elles contenaient sur le bureau. Des centaines de photos dégueulèrent des boîtes, allant pour certaines rejoindre les stylos et autres crayons tapissant le sol. Une série de trois clichés attira immédiatement l'œil expert du Poulpe. Trois vieilles photographies montrant un jeune homme et une jeune femme sur une plage de sable fin. Il reconnut sans aucun problème les deux personnes et il eut l'impression que tout le décor autour de lui s'était mis à tourner. Il fut pris de vertiges émotionnels, son cerveau travaillait trop vite. Toute cette affaire venait de prendre une grande claque dans la tronche et le bout du tunnel était proche.

Il n'avait plus rien à faire ici et bientôt plus rien à faire à Courchevel. Il regarda l'heure et son cœur se remit à battre de plus belle. L'excitation ou la peur ? Il n'aurait su dire, mais ce qu'il savait en revanche, c'est qu'il devait absolument retrouver Éva pour qu'elle finisse de cracher le morceau.

Quittant la propriété par le petit parking privé, il appela Anaïs et lui intima d'organiser un rendez-vous avec sa mère dans sa chambre d'hôtel. Comme si une quelconque entité supérieure avait entendu son souhait, la jeune femme lui annonça calmement qu'elle-même et Éva se trouvaient bien sagement aux Bleuets.

# Chapitre XIV

Tout au long du trajet le séparant de sa destination, Gabriel ne put s'empêcher de penser qu'il voyait sûrement tout ce décor alpin pour la dernière fois. Les montagnes avaient cette majesté que peu de paysages pouvaient égaler et le climat rude et incertain lui rappelait à quel point la vie n'était qu'une succession de bourrasques, d'orages et de vagues de froid entrecoupés d'éclaircies. Il avait navigué dans le brouillard pendant tout ce temps et il voguait désormais vers ce trou dans la brume que les rayons de soleil perçaient péniblement. Gabriel n'aurait pas qualifié Anaïs de son rayon de soleil, mais plutôt de son croissant de lune tant leurs relations étaient caractérisées par cet astre nocturne. Alors qu'il se rapprochait d'elle, il se dit qu'elle avait eu raison de les pousser à faire l'amour une dernière fois, car il savait que son temps à Courchevel était révolu. Bon nombre de zones d'ombre subsistaient encore, mais ce n'était plus qu'une question d'heures avant de pouvoir en tirer les conclusions finales.

Comme un dernier rempart à sa progression, l'hôtel des Bleuets se dressait fièrement devant lui, mais ne put rien faire d'autre que de l'accepter en son sein.

Derrière la porte de la suite 217, Éva et sa fille semblaient avoir grillé une cartouche complète de cigarettes avant que le Poulpe n'arrive et c'est dans un salon aussi brumeux que cette affaire qu'il fut accueilli. Les yeux injectés de sang des deux femmes prouvaient qu'elles avaient pleuré à chaudes larmes.

— Je crois qu'il est préférable que je te laisse seul avec ma mère, dit Anaïs avec la voix encore chevrotante.

— Fais ce qui te semble le mieux, répondit Gabriel.

En guise de réponse, elle enfila une veste, lui glissa un tendre baiser au coin des lèvres et claqua la porte derrière elle.

Il eut une impression de déjà-vu alors qu'il s'avança vers Éva, assise de la même manière qu'à peine une heure auparavant, et reprit son entrevue :

— J'espère que vous ne m'en voulez pas de ne pas avoir ramené votre verre de whiskey ? amorça-t-il.

— Je me suis rattrapée depuis, ne vous en faites pas, dit-elle en pointant du doigt une bouteille à moitié vide non loin d'elle.

— Avant que vous ne jouiez les filles de l'air, vous me disiez que Marie-Louise n'existait pas vraiment. Vous m'expliquez ?

— Marie et Louise étaient les prénoms de mes deux grand-mères.

Gabriel savait déjà tout ça ! Mais quel rapport avec le meurtre ?

— Quand je suis tombée enceinte, continua-t-elle, ma famille a été très oppressante. Évidemment, tout le monde voulait savoir qui était le père, mais je n'allais pas leur donner ce plaisir. J'ai fait ce bébé pour moi, je l'ai faite toute seule cette gamine et je n'ai demandé l'heure à personne. Mes deux frères m'ont toujours chouchoutée et protégée, un peu trop d'ailleurs, et parfois, ils ont l'impression que ça leur donne certains droits. Quand j'ai annoncé, le plus tard possible, que ma fille se nommerait Anaïs, Guillaume et Romain m'ont supplié de changer d'avis. Notre famille est unique et il fallait perpétuer et faire grandir son honneur. Ils avaient déjà tout décidé, ce serait Marie-Louise, en hommage aux deux véritables porte-étendards des Verdannet. Deux femmes fortes qui ont su travailler dans l'ombre de leurs maris et faire de quelques possessions modestes, un véritable empire. Ce prénom composé se voulait symbolique, mais j'ai refusé catégoriquement.

Gabriel dut s'asseoir pour bien appréhender le flot d'informations qui voguait vers lui. Il avait beaucoup de mal à digérer le fait que Marie-Louise faisait en fait référence à Anaïs, mais d'un autre côté, il avait toujours senti que cette affaire tournait autour d'elle.

Il sortit une des photos qu'il avait trouvée chez Éva de sa poche et la considéra longuement. Mon enquête arrive au bout, pensa-t-il. Presque tous les rouages s'étaient mis en place. Il ne manquait plus qu'à activer la manivelle et si ça ne tournait pas bien rond, on rajouterait un peu d'huile.

Il ne lui restait plus qu'à redescendre sur La Tania, attendre un des sbires de Kenneth et, selon ce qu'il apprendrait, échafauder un plan d'action.

Noyé dans ses réflexions, Gabriel laissa Éva en plan et fonça vers son appartement de location.

La route lui permit d'explorer mentalement toutes les pistes et d'établir la meilleure suite à donner aux événements. Son enquête touchait effectivement à sa fin et il s'agissait de ne pas se louper. Il n'y aurait pas de bouquet final en fanfare, mais plutôt un petit épilogue cosy et feutré.

On enlève les gros sabots et on chausse ses ballerines de gym, celles qui nous donnent des airs de ninja du dimanche. Il ouvrit sa fenêtre et laissa le vent cinglant lui revigorer les sinus. C'est pas de sitôt qu'il allait humer un air aussi pur et, même s'il ne portait pas l'endroit dans son cœur, il fallait lui reconnaître des points positifs.

Comme il l'espérait, un des hommes de main de l'Irlandais l'attendait chez lui. Cette faculté de pouvoir s'introduire chez à peu près n'importe qui sans laisser de traces d'effraction le fascinait. C'était là tout le secret que Kenneth, l'ancien serrurier militant de Dublin, transmettait aux jeunes générations.

Le jeune homme était là pour faire passer un message au Poulpe, mais au lieu d'une révélation, c'est plutôt une confirmation qui lui parvint aux oreilles. Gabriel ne s'attarda pas à lui taper la discussion et remercia le vaguemestre. Le miasme dans lequel était plongée toute cette affaire commençait à s'éclaircir à vitesse grand V. Tel un Stephen Spielberg de l'investigation, le Poulpe se refaisait tout le film de ce qui s'était vraiment passé, selon lui, et il y avait gros à parier qu'il était très proche de la vérité.

Ça n'allait pas être coton de réaliser une confrontation digne de ce nom, mais Gabriel avait obtenu ce qu'il voulait : l'identité de la personne qui avait amorcé toute cette histoire. Le Poulpe avait fait turbiner son ciboulot à plein régime et avait un plan, un vrai plan poulpesque au possible. Il allait devoir agir au beau milieu de la nuit, mais avant ça, il avait quelques courses à faire.

À 3 h du matin, le réveil de Gabriel sonna. Les yeux encore collés, il accéda à la douche et laissa son corps revenir à la vie lentement sous l'action de l'eau presque brûlante. Il se rejoua son plan d'action dans la tête comme un skieur de descente qui révise chacun de ses gestes avant le départ. Deux objets clefs l'attendaient sur la table du salon : son Beretta et une grosse enveloppe de papier kraft visiblement remplie de documents.

Dehors, la lune dans sa phase décroissante semblait veiller sur le sort de cette nuit glaciale. La fin de l'aventure était proche et si tout se passait comme prévu, il serait de retour sur Paris en un rien de temps. Il s'assura d'avoir sa fausse carte de police et se mit en route. Cette putain de route, il aurait pu la faire bourré, en fermant les yeux et en marche arrière tellement il la connaissait. Tout au long du trajet, il ne put s'empêcher de penser que ce qu'il était sur le point d'entreprendre était plutôt risqué. Était-ce pour toutes ces montées d'adrénaline qu'il s'obstinait tant à vouloir découvrir la vérité ? Cette nuit, elles pourraient le mener à sa propre perte et il avait toutes les chances de finir sous un névé, son cadavre dissimulé jusqu'au dégel. Heureusement, il avait prévu une assurance vie et comptait bien s'en servir.

Arrivé à destination, il gara sa voiture puis se dirigea vers l'entrée des Caves. Il ne reconnut pas le videur, mais par chance, le grand patron lui-même se tenait à proximité. Leurs regards se croisèrent et Gabriel crut deviner un soupir d'agacement chez Antonio Ghersi.

— Bonsoir, je me suis mis sur mon 31. Je peux entrer ? fit le Poulpe avec un grand sourire.

— Vous êtes en service ? demanda Antonio.

— Si on veut. Je peux vous voir en tête à tête, j'ai d'autres questions à vous poser ?

— Alors, allons dans mon bureau, à l'étage.

Ghersi fit un geste de la main invitant Gabriel à le suivre. Ils s'enfoncèrent dans la boîte de nuit, passèrent une porte noire et empruntèrent un escalier en colimaçon.

Le bureau de Ghersi était décoré avec goût et les lampes de designers projetaient une lumière tamisée qui conférait au lieu une ambiance feutrée et plutôt agréable. Antonio présenta un siège à Gabriel puis s'installa à son tour à son bureau.

— Je vous sers un Scotch ? commença-t-il.

— Merci bien, mais je préfère la bière.

— J'ai cru que vous alliez me dire que vous ne buviez pas pendant votre service.

— T'inquiète pas pour ça, va.

Gabriel ouvrit sa veste et en extirpa la grosse enveloppe. Il la fit claquer sur le bureau et s'enfonça dans son siège.

— J'ai une histoire à te raconter. C'est un peu long, tu devrais te servir un verre.

Ghersi s'exécuta puis retourna se rasseoir.

— Je ne sais pas pour les autres flics, mais pour moi, cette affaire n'a jamais vraiment tourné rond. C'est cette histoire de cambriolage suivie d'un meurtre qui ne collait pas du tout. Le modus operandi des voleurs, les Robbers des Bois si tu veux savoir leur nom, n'a pas du tout été respecté, mais seul un esprit éclairé pouvait en tirer les bonnes conclusions. Tu vois, à la différence de vous tous ici dans cette station maudite, ces types ont un code d'honneur qu'ils respectent scrupuleusement. Jamais un vol ne s'est fait avec violence et encore moins avec meurtre et barbarie. En ce qui concerne le cambriolage, on a eu droit à du haut niveau, un vol tout en finesse, rendu possible grâce à un mystérieux indic qui savait quand l'alarme serait mise hors service. La version officielle veut que les cambrioleurs aient pris Guillaume Verdannet au saut du lit pour le torturer et lui faire cracher je ne sais quoi.

Gabriel fit une pause puis continua son monologue.

— Seulement moi, les couleuvres, j'aime pas ça et j'ai encore plus de mal à les avaler. Robbers ou pas, quand on vient pour taper une baraque de luxe, on s'amuse pas à torturer le taulier pour se marrer ou alors, on cherche un truc comme la combinaison d'un coffre, un truc qui vaut le détour quoi, un truc qui sera plus fort que le risque de faire vingt ans de taule. Si Verdannet avait eu un coffre-fort, comme celui que tu as là par exemple, il pointa du doigt celui situé juste derrière Ghersi, et qu'il eut été ouvert et vidé de son contenu, peut être que j'aurais eu une vision différente de l'affaire. Mais il n'y avait aucun coffre et rien d'autre qui puisse justifier un pareil acharnement sur Verdannet. La suite est encore mieux… Sur le torse du défunt, on a écrit à coup de scalpel, cette phrase pronominale qui me trotte dans la tête depuis que je l'ai vue : « Pour Marie-Louise ».

Pour donner plus de corps à son discours, le Poulpe se leva et reprit de plus belle sa tirade.

— Quel genre de voleurs iraient foutre une bafouille macabre comme celle-là au lieu de prendre le magot et de se tirer ? À l'inverse, quel tueur psychopathe, après avoir fini son affaire, se serait mis en tête que repartir avec deux ou trois tableaux de maîtres ne ferait pas dégueu dans son salon ? Franchement, qui ? C'est une question rhétorique Tonio, te fatigue pas à répondre.

Ghersi ne put s'empêcher d'esquisser un sourire, mais il reprit vite sa mine de plus en plus inquiète.

— Je ne sais pas si t'es au courant, mais Marie et Louise étaient les deux mamies Verdannet, celles qui ont, en gros, fait ce qu'est Courchevel aujourd'hui. Jusque là, aucun rapport, tu vas me dire. Eh bien si. Je suppose que tu connais la petite Verdannet, la fille d'Éva, elle s'appelle Anaïs.

Le silence.

— Tu peux répondre cette fois ! lança Gabriel.

— Ah ! Je croyais que vous étiez encore en train de parler tout seul, fit-il, étonné. Oui bien sûr que je la connais, disons que je vois qui c'est.

— Bien, reprit le Poulpe. Figure-toi que cette petite n'a jamais connu son père. Le secret a bien été gardé pendant toutes ces années par sa mère. Ce qu'il faut savoir, c'est que quand la gamine a vu le jour, les deux frères – Guillaume et Romain – ont voulu jouer les darons et imposer à Éva le prénom de la petite. Marie-Louise qu'elle allait s'appeler ! Marie-Louise pour faire honneur aux deux visages emblématiques de la famille Verdannet. Il ne m'en fallait pas plus pour tirer mes conclusions. J'ai longtemps cru qu'Anaïs trempait là dedans. Elle n'a peut-être pas le cran pour tuer de sang-froid son oncle, mais elle est assez tordue pour pouvoir échafauder un tel plan. Il aurait suffi de filer assez de pognon à un taré ou à un pro pour faire le sale boulot, car des raisons elle en avait plein les poches, mais j'y viendrai plus tard. Non, la seule personne qui a eu les raisons suffisantes pour en arriver là n'est autre que le père biologique d'Anaïs. Et cet homme, j'ai toutes les raisons de croire que tu peux m'aider à le retrouver Ghersi, d'où la raison de ma venue ce soir.

Antonio écarquilla les yeux de stupeur, mais ne dit rien. Il observa Gabriel plonger la main dans sa poche et en sortir la vieille photo trouvée dans le bureau d'Éva. Il déploya un tentacule et vint plaquer le cliché sur le bureau, sous le nez de Ghersi.

— Tu vois cette photo ? C'est Éva et son mec, au bord de la mer, il y a plus de vingt ans de ça. Regarde bien Antonio parce que le type que tu vois là, c'est le père d'Anaïs.

Ghersi s'avança et ramassa la photo. Sur une plage du Lido, la belle Éva, les pieds dans le sable, arborait fièrement un magnifique sourire. Son ventre n'était pas encore rond, mais on pouvait deviner qu'elle était enceinte. Devant la gravité de la situation, Antonio ne put s'empêcher de sourire. Il le connaissait bien le mec qui tenait la ravissante jeune femme par la taille. Même avec vingt ans de moins il l'aurait reconnu parmi des milliers. Cet homme c'était lui-même, Antonio Ghersi.

Il leva les yeux vers Gabriel et se leva brusquement. Le Poulpe dégaina son Beretta et haussa le ton :

— Pas si vite ! Assieds-toi et garde les mains bien en vue sur le bureau. J'ai pas fini de parler.

L'Italien s'exécuta calmement et écouta Gabriel poursuivre son plaidoyer.

— Eh oui, mon vieux Tonio, ce n'est pas des garages que tu loues à Éva, mais tu lui files une pension alimentaire chaque mois ! Je ne sais pas quelle est la teneur de vos relations aujourd'hui et c'est bien le dernier de mes soucis. C'est toi qui as dessoudé le frère Verdannet et qui lui as signé un petit autographe à l'italienne sur le torse. Tu as commis un meurtre, que dis-je, un assassinat, mais je dois avouer que tu avais un mobile. En effet, un soir comme celui-ci, Anaïs, ta fille, s'est fait violer par Guillaume Verdannet à la suite de quoi elle est tombée enceinte et a naturellement dû avorter. Je sais qu'Éva et elle ont une relation fusionnelle et je suis quasiment persuadé qu'elle lui a tout raconté. Va savoir comment tu as été au courant, mais ça, c'est…

— C'était il y a trois ans, coupa Ghersi. Éva et moi on s'est toujours vus en cachette pour ne pas provoquer un scandale inutile. On ne se voyait pas comme vous pensez, on se voyait comme des amis. Il se racla la gorge. À ce moment-là, quelque chose avait changé chez elle. Elle n'était plus comme avant et on lisait la tristesse au fond de ses yeux. Elle éclatait en sanglots pour un rien et un jour, à force de persuasion, elle s'est confiée à moi…

Le Poulpe avait passé le relais. Au tour du rital de parler. Il pouvait se rasseoir le temps de sa réponse, mais gardait toujours le flingue braqué sur lui.

— Anaïs sortait beaucoup à cette époque, pour ainsi dire tous les soirs, mais personne n'y voyait d'inconvénient puisqu'elle passait ses soirées dans les établissements Verdannet. Tout le monde pouvait la surveiller, personne ne se faisait de souci. Le soir où elle s'est faite… où c'est arrivé, elle est restée jusqu'à la fermeture et il ne restait plus que Romain et Guillaume. Ils avaient fermé toutes les portes, baissé tous les rideaux et devaient compter la caisse ou un truc dans le genre. J'imagine que tout le monde avait bien bu et d'après ce que m'a raconté Éva, Guillaume, son propre frère, a commencé à être un peu trop tactile avec Anaïs. Je ne connais pas trop les circonstances et je m'en fous, tout ce que je sais, c'est que ce fils de pute de Guillaume l'a forcée à faire des choses qu'une gamine encore mineure n'a pas à faire avec son oncle ! Romain ne la pas touchée, mais il n'a rien fait pour arrêter son frère. Je ne sais pas si c'est pas pire au final…

— Et depuis ce jour, tu as attendu l'occasion rêvée de leur faire payer le prix fort. Tu t'es renseigné sur les Robbers des Bois, peut être même qu'il y en a quelques-uns qui parlaient un peu trop fort dans tes établissements et tu as imaginé un plan. Un plan qui dirigerait toute l'attention sur le vol. On penserait à un cambriolage qui a mal tourné et puis on passerait à autre chose. Les Verdannet ont tellement d'ennemis après tout, et ils cultivent le désir perpétuel de vouloir tout étouffer de peur que leur image en prenne un coup. Et pour adresser un message à Romain, tu as gravé dans les entrailles de Guillaume un message que lui seul — en dehors d'Éva et peut-être Anaïs — pouvait comprendre.

Le Poulpe fit une nouvelle pause puis se leva.

— Tu as eu ce que tu voulais Ghersi, maintenant je vais t'expliquer ce que je veux.

— Je ne comprends pas, s'interrogea l'Italien.

— Tu vas comprendre. Je suis pas un flic comme les autres, mais ça, tu t'en serais douté. J'ai un train de vie pas banal et pas mal de frais en tous genres alors ce qu'il va se passer, c'est que tu vas acheter mon silence. Dans l'enveloppe qu'il y a devant toi, il y a tous les documents, toutes les photos et tous les témoignages qui m'ont amené à cette conclusion. Tout est expliqué point par point, même un enfant de cinq ans pourrait comprendre le topo. Tu as ma parole que tous les originaux sont là, dans cette enveloppe cachetée. Que tu me croies ou non, ça n'a pas d'importance, c'est moi qui tiens le flingue et toi qui creuses.

Il pointa le coffre-fort de son arme.

— Y'a quoi dans ce coffre ?

— Des papiers et la recette des deux derniers soirs.

— En cash ?

— En cash.

— Ça fait combien ? demanda Gabriel.

— J'ai plus le chiffre en tête… entre trente et quarante milles.

— Nombre ! C'est un nombre, pas un chiffre ! Quand ça dépasse neuf, on parle de nombres, mais t'es pardonné le spaghetti. Ouvre le coffre, donne-moi tout le pognon et j'efface toute cette histoire de ma mémoire. En prime, t'auras de quoi faire un feu de joie avec tous les papelards que je te laisse.

Ghersi ne réfléchit pas à deux fois, le deal était presque trop beau. Il s'agenouilla devant le vieux coffre-fort et en fit la combinaison. Il sortit les liasses de billets et les plaça sur le sol. Gabriel s'empara d'une grande enveloppe sur le bureau et ordonna à Antonio de la remplir avec l'argent. À vue de nez, il y avait plus de trente mille euros et il leur fallut trois enveloppes pour venir à bout du butin. Ghersi se retourna, fit quelques pas vers le bureau et saisit l'enveloppe contenant toute l'affaire en détail pour l'enfourner dans le coffre.

Le Poulpe ne pouvait s'empêcher de penser à tous les travaux de remise en route qu'il pourrait faire sur son Polikarpov grâce au fric. Il pourrait également se la couler douce pendant un petit moment et même emmener Cheryl en vacances, des vraies !

C'est à ce moment précis qu'il eut un pincement au cœur en pensant à Anaïs. Il avait grand-hâte de se tirer avec l'oseille et de revoir sa ville, mais il avait encore un dernier truc à faire, et ça impliquait de la revoir.

# Chapitre XV

Gabriel récupéra ses trois enveloppes bourrées à craquer d'euros et se dirigea vers la sortie. Il fut interrompu par une intervention d'Antonio Ghersi :

— Je peux vous demander une petite faveur ? tenta-t-il.

— Dis toujours, dit le Poulpe.

— Anaïs ne sait pas que je suis son père et si elle devait être amenée à le savoir, j'aimerais que ça vienne de moi.

Gabriel hocha la tête en silence et tourna les talons. Il n'avait jamais eu la moindre intention de révéler quoique ce fût à quiconque. Il était même plutôt étonné qu'elle ne le sache pas déjà.

Dès qu'il fut à l'extérieur du night-club, il appela Anaïs, mais à cette heure tardive, personne ne décrocha. Il lui laissa alors un message disant de le rejoindre le lendemain matin à la gare de Moutiers. Après avoir raccroché, il monta dans sa voiture et roula une dernière fois vers La Tania pour y passer une ultime nuit.

Le lendemain matin, Gabriel fut réveillé par la sonnerie de son téléphone portable.

— Allô ?

— C'est Anaïs. J'ai écouté ton message. Pourquoi te rejoindre à Moutiers alors qu'on peut faire la route ensemble ?

— Je suis encore au lit. Je passe te chercher dans une heure.

— OK. Prends-moi aux Bleuets.

— Je vais faire semblant de ne pas avoir compris cette phrase à double sens.

— Allez, prépare-toi idiot !

Devant l'hôtel, la belle Anaïs attendait Gabriel, les yeux remplis de la tristesse d'un au revoir. Lui non plus n'en menait pas large à vrai dire. Il se revoyait à dix ans, dire adieu à Charlotte sur une plage de Gruissan. L'effet dramatique était le même ici, même près de trente ans après, à la différence près qu'il ne retournait pas à la solitude d'une vie monotone, mais à la fougue d'une relation avec Cheryl. Il savait qu'il aurait le blues pendant quelques jours, mais que tout finirait par rentrer dans l'ordre une fois sa routine parisienne rétablie.

Gabriel lui fit signe de monter. Elle l'embrassa avec ardeur comme si c'était la dernière fois qu'elle le voyait. On ne peut pas tromper l'instinct féminin.

— Ça y est, c'est le grand départ ? demanda-t-elle d'une voix douce.

— On ne peut rien te cacher.

— Tu as trouvé toutes les réponses à tes questions ?

— À toutes mes questions, non, mais mon temps est révolu ici.

— Tu vas me manquer.

— Alors, tiens, comme ça tu penseras à moi.

Il lui tendit son livre sur la loi de Murphy puis démarra.

— Fais-moi la lecture le temps du trajet, j'aime ta voix, dit Gabriel.

Anaïs feuilleta le petit ouvrage puis un passage attira son attention.

— La loi de Iles, lut-elle, dit ceci : « Il y a toujours une manière plus facile de faire les choses, mais quand on considère celle-ci, surtout pendant de longues périodes, on ne la voit pas. »

— C'est drôle, mais tellement vrai.

— Attends, j'en ai une autre, dit Anaïs. La loi de Simon dit la chose suivante : « N'importe quel assemblage finit toujours en pièces un jour où l'autre. »

— Tu viens de l'inventer ou quoi ?

— Non, c'est dans ton bouquin.

C'était un peu trop criant de vérité et trop proche de leur histoire. Ça lui faisait immédiatement penser à une autre loi de Murphy, celle de la Première Loi Du Vélo qui stipule que, « quelle que soit la direction où l'on roule, c'est toujours en montée et à vent contraire. » C'est un peu ce qu'il pensait de la vie. En l'occurrence, il roulait en descente et avait sûrement le vent dans le dos et une jolie fille à sa droite. Pendant de longues minutes, seul le ronronnement du moteur était perceptible. Chacun se demandait si l'autre allait briser le silence.

— Tu sais tout ? lança Anaïs.

— Comment ça ?

— Tu sais tout de l'affaire, de mon histoire ?

— Et toi, tu sais tout ? demanda Gabriel.

— Pour la partie qui me concerne oui… Le reste je m'en tape.

De nouveau le silence.

— J'ai quelque chose pour toi. Ouvre la boîte à gants.

Anaïs s'exécuta et découvrit une enveloppe cachetée.

Gabriel lui indiqua qu'elle lui était destinée.

— Ce sont les photos de ton oncle, Romain, prises la nuit où son frère est mort. J'y ai ajouté une lettre anonyme qui explique que ce fumier se paye des escorts au lieu de s'occuper de sa famille. Tu en feras ce que tu veux. Moi, j'ai fait ce que j'avais à faire, je rends la bagnole, je saute dans le premier train et ciao la montagne !

Avec la gare comme trame de fond, Anaïs et Gabriel s'enlacèrent à l'endroit où ils s'étaient vus pour la première fois. Personne ne pleura et personne ne se retourna quand chacun marcha dans une direction opposée. Le train était là, l'écriteau disait « Paris – Gare de Lyon », le Poulpe lisait « Cheryl ».

# Chapitre XVI

Le Poulpe débarqua nonchalamment au Pied de porc à la Sainte-Scolasse avec le Dauphiné Libéré sous le bras. Il salua Gérard d'un geste de la main et alla s'asseoir à sa table habituelle. Gérard lui amena immédiatement un demi et engagea la conversation :

— Tu veux pas le Parisien ?

— Pas pour l'instant merci, j'ai un truc à vérifier, dit il en tournant les pages.

— Encore ta fameuse histoire dans les Alpes ? Tu vas nous sortir quoi encore ? T'as retrouvé le Yéti ?

— Ce serait plutôt le Dahu là-bas, mais passons. Ah ça y'est !

Gabriel avait localisé l'article qu'il cherchait. Gérard restait toujours planté là à le regarder lire.

— Alors ? demanda-t-il.

— Le frère du macchabée est en garde à vue. Les flics l'entendent, car il a menti sur sa déposition. Mais bon, c'est pas lui de toute manière.

— Ah bon ? Et qu'est-ce que t'en sais ?

— Je t'ai déjà expliqué Gérard ! On en a parlé pendant des heures quand je suis rentré !

— Je crois surtout que tu t'es payé du bon temps avec une petite minette, mais que tu veux pas nous le dire !

— Arrête un peu avec ça, dit-il, dépité.

— Me la fais pas à l'envers le Poulpe ! Moi aussi je lis la presse. Ils ont trouvé le gars qui a fait le coup, il s'était fait la malle en Grèce avec un paquet de pognon qui devait venir de la vente du larcin.

— Ça, c'est ce que racontent les journaleux, les flics verront bien qu'il n'a rien à voir dans l'histoire, en tout cas pas dans celle du meurtre.

— Bon Hercule Poirot, tu veux tes tartines ou tu préfères continuer à radoter comme un vioc ?

Gabriel acquiesça d'un hochement de tête et, en parcourant les faits divers de son journal, il se remémora un passage de son livre sur la loi de Murphy :

« Loi de Meskimen : "Il n'y a jamais de temps pour faire les choses bien, mais toujours assez pour les recommencer." »

# Épilogue

Antonio Ghersi entra dans son bureau situé au premier étage de son établissement de nuit et considéra son coffre-fort. À l'intérieur de celui-ci, une grosse enveloppe contenait tous les documents pouvant le compromettre dans l'assassinat de Guillaume Verdannet. Il y pensait chaque jour depuis une semaine, mais ne s'était jamais résigné à l'ouvrir. Alors que la police avait retrouvé la trace du voleur qu'il avait tuyauté, le risque qu'on puisse le mettre en examen était d'autant plus grand et il avait besoin de savoir à quoi s'en tenir.

Il se servit un verre de Scotch puis fit la combinaison du coffre. Il en retira l'enveloppe et la décacheta. Il étala tous les documents sur son bureau et entreprit de les étudier un à un. L'affaire fut très vite réglée : il n'y avait devant lui qu'un tas de feuilles blanches.

# Postface

Cette aventure du Poulpe constitue mon véritable premier roman. Tous les chemins qui mènent à une telle entreprise – celle d'écrire un livre – sont longs et je ne vais donc pas raconter ici le pourquoi du comment de mon envie de me lancer dans un nouvel épisode ayant pour héros le charmant personnage qu'est Gabriel Lecouvreur, mais je vous dois néanmoins une explication. Le Poulpe a été inventé par le génial écrivain Jean Bernard Pouy qui a dirigé pendant nombre d'années la collection du même nom – Le Poulpe, pas Jean Bernard Pouy – aux éditions Baleine. Il fut un temps béni où des auteurs – novices, confirmés, voire célèbres – pouvaient soumettre leurs manuscrits si tant est qu'ils aient respecté une charte bien spécifique en écrivant leur propre aventure du Poulpe. Les éditions Baleine ont donc publié des centaines de Poulpes aux titres toujours plus drôles, mais aux styles fatalement inégaux. J'ai toujours pensé que si Gabriel Lecouvreur avait monté une maison d'édition, il aurait fait la même chose. Tout le monde avait sa chance, ainsi le Poulpe pouvait-il survivre aux agressions inéluctables de la mode et du temps. Pourquoi pas moi ? me suis-je dit. J'ai tellement vibré avec tous ces romans au fil des années, j'aime tellement l'idée initiée par Jean Bernard Pouy et je vénère tant ce sacré Poulpe et toute la marmaille qui gravite autour, que j'ai voulu apporter ma pierre à l'édifice.

Après avoir scrupuleusement respecté la charte et toutes les consignes disponibles sur le site internet des éditions Baleine, j'ai rendu mon manuscrit, celui donc que vous venez de lire. Plusieurs mois et pas mal de relances plus tard, on m'expliqua très gentiment que la collection dirigée alors par Gwenaëlle Denoyers se trouvait à un point mort et qu'il n'était pas prévu de publier de nouveaux romans jusqu'à nouvel ordre.

Deux solutions s'offraient alors à moi : imprimer les quelques centaines de pages que constituait « Téléski qui croyait prendre » et m'en servir pour caler une armoire bancale, ou tenter de faire exister l'ouvrage coûte que coûte. C'est donc par le biais de la toute jeune maison d'édition Chambre Noire que je propose cette nouvelle aventure du céphalopode parisien. Il aurait été pour moi inconcevable de laisser à l'abandon plus d'un an de travail et, qui plus est, ce roman constitue toujours un nouveau Poulpe à se mettre sous la dent pour n'importe quel fan de la série, ou même un moyen de découvrir ce personnage et le mécanisme de ses aventures pour un quelconque novice du genre. Pour le reste, je ne saurais que trop vous conseiller de vous plonger à corps perdu dans toute la collection disponible par le biais des éditions Baleines.

Si vous avez bien suivi, vous venez en quelque sorte de lire un Poulpe pirate, un Poulpe non officiel ou non autorisé, et franchement, n'est-ce pas exactement ce qu'aurait voulu Gabriel Lecouvreur en de pareilles circonstances ?

# *L'auteur*

Né à Annecy en Haute-Savoie, Florian P. Dennisson quitte les bancs de la fac pour se consacrer à sa première passion : la musique. Il écumera – et les écume toujours – les salles de concert de France, d'Europe, du Royaume-Uni et même des États-Unis, avec pour compagnon fidèle : l'écriture. D'abord des paroles couchées sur des carnets de notes puis des histoires, des envies de faire frissonner les gens, mais sans son cette fois. Tout est bon pour lui dans cette discipline et il ne s'arrête pas qu'au roman ou à la nouvelle, mais produit des scénarii et des histoires destinées à tous les supports. Fervent adorateur du personnage du Poulpe, c'est avec « Téléski qui croyait prendre » qu'il franchit le pas et vient à bout de son premier roman. Également à l'aise avec la langue de Shakespeare, il traduit de l'anglais une collection de cinq romans de l'écrivain culte américain, Howard Phillips Lovecraft. Le virus est désormais en lui et il ne compte pas s'arrêter là, car si jamais un jour lointain sa guitare lui paraît trop lourde, son stylo sera, quant à lui, toujours aussi léger qu'une plume jusqu'à son dernier souffle.

Toujours prêt à faire de nouvelles rencontres et partager sa passion pour l'écriture, vous pouvez le contacter en lui écrivant à florian.dennisson@chambrenoire.co

19617801R00095

Printed in Great Britain
by Amazon